激流與倒影

林懷民

散戲之後

代序

接到莫斯科契訶夫國際戲劇節的邀約，我盯著信函，久久無法置信。冷戰時代俄羅斯一直是遙遠的地方，心理上的距離比月球還遠。那是二〇〇五，蘇聯解體已經十四年，我仍覺得不可思議。

我們真的去了。《水月》轟動莫斯科。我發現一家喬治亞餐廳，有歌手駐唱。最後一場演完，我請舞者去喝酒聽歌。跟著喬治亞民歌的錄音演出《流浪者之歌》十幾年，第一次見識喬治亞人現場高歌，大家都非常開心。更開心的是演完了，我們不馬上回家，多住三天，玩瘋了——因為不覺得會再到俄羅斯，出發前就自己出錢，訂好紅場旁的旅館。臨行前夕，碰到節慶，煙火照亮窗口蔥頭圓頂的東正教教堂，窗子被震得喀啦喀啦響，大伙兒在房間興奮狂叫。

事實上，《水月》首演後，戲劇節就邀請舞團二〇〇七再訪，演出《流浪者之歌》。那年中國外銷俄羅斯的米有汙染，政府禁止所有大米進口。雲門不能帶演出的稻穀去，藝術節買到裏海區域的稻穀，雲門技術人員飛過去，用十天和當地技工把三噸半稻穀染成金黃色。觀眾為從天而降的米瀑熱烈喝采，不知「粒粒皆辛苦」，也沒看見演完後，我站在後台入口，看稻穀被搬上卡車，送去焚燬，感到無比的淒涼。

原先戲劇節安排莫斯科演完，飛喬治亞續演，因為喬治亞南奧塞提亞主權的爭端，兩國交惡，那家喬治亞餐廳關門，百貨公司買不到喬治亞紅酒，《流浪者之歌》的巡演也取消了。隔年，北京奧運會開幕日，俄羅斯入侵，兩國開戰。停戰後，喬治亞與俄羅斯斷交。因為這些磨難，那次旅行我記得很清楚。後來巡演俄羅斯的印象就比較模糊了。

大疫中，準備出書，重讀舊作，才意識到雲門四十六年，我竟然去過那麼多地方，做了那麼多事，編了九十齣舞，文章卻極稀少。

因為不是舞蹈專業出身，雲門草創時，我「補習」。七八〇年代，台灣的舞蹈資訊很少，我找不到聊舞蹈的對象，就認真閱讀舞蹈家的傳記和西方媒體的舞蹈訊息，順手把補習的心得寫出來，跟大家分享。如今閱讀，發覺我敬仰的舞蹈大師各個特立獨行。他們篤信，堅持。書寫這些偶像，其實是孤獨中的自我勉勵。

九〇年代後，年輕的舞蹈寫手倍增，我歇業，不再寫介紹西方舞蹈的文字，偶然的書寫多是新舞創作的背景與心境。真正讓我徹夜思索，不得不寫的是悼文，像儀式，寫過了才能保住親長師友的體溫，記住他們的風範與囑咐。

上下飛機，幕起幕落，江湖匆忙，趕場隙縫寫就的文字——像瘂弦〈深淵〉的詩句「激流怎能為倒影造像」，都沒寫好，沒寫下來的事更如過眼煙雲，忘了。

居家整理文稿，追憶舊事，十分吃力，退休的我懷疑自己有了失憶症。我向雲門文獻室同仁求救，問她《流浪者之歌》後，我們去了幾次俄羅斯。契訶夫國際藝術戲劇節每兩年舉辦，二〇〇五到二〇一九，十四年間我們居然去了八次。俄羅斯觀眾愛雲門，票房開啟兩三天就把幾場演出的票買完，謝幕時總會有年輕人湧到台前把可愛的小把花束遞給舞者。

戲劇節總部地下室牆上掛著彼得・布魯克，羅伯・勒帕吉，威廉・佛塞，碧娜・鮑許和我的大照片。每次訪演，總在那裡舉辦盛宴，戲劇節總監沙德林很會勸酒，一杯又一杯的伏特加，不醉不歸。二〇一五春天，去瑞士、奧地利、德國、盧森堡繞了七十天。回到台北，雲門劇場即將開幕，像最後的排練，萬事必須就緒，我加入「最後一哩路」，不眠不休地打雜，兩週後再赴俄羅斯演出。

首演酒會，身為主賓的我半杯伏特加就砰然倒地。雖然一分鐘不到就打開眼睛「沒事沒事」爬起來，周遭的人已經忙成一團，扶扶撐撐，量體溫量血壓。早上八點，沙德林親自到飯店押我去醫院，說他已經安排國家科學院三位大夫照撫我。

主治醫師是一位美麗的中年女士，端莊大方，好像是從舊俄小說走出來的夫人。「林先生，很高興見到你，」她微抬下巴，用清脆的英文招呼我。「我不是說高興看你到醫院來——我先生昨天才從台灣回來！」他去台北開學術會議，「帶回來非常特別的禮物——是一個鳳梨！我們一直吃罐頭鳳梨，從不知道它長得這麼漂亮，像一個皇冠……我先生清早回到家，我一看到就說一定要請客了，晚上下廚，請好朋友來吃飯，台灣鳳梨當飯後水果。大家都讚美，說不要切它，多留幾天。我先生說，新鮮的才好……唉，真的太好吃了！」

她安排我去做一堆檢查，結束已過午餐時間。我的主治醫師等著我，認真讀完所有報告後，宣布我沒事，一定是太累了，要多休息。說完，又低頭看報告一眼，抬起下巴，問：「你抽菸？抽幾年了……？」

「大概五十年吧。」

「Oh, then I have nothing to talk to you.」美麗的主治大夫說。

莫斯科之外，我們也巡演其他城市，最遠去到歐亞交界的葉卡捷琳堡。末代沙皇全家在這裡被殺，蔣經國被蘇共發配到這裡的工廠當工人，跟十六歲的蘇俄姑娘法伊娜戀愛，兩年後結婚。一起回中國後，法伊娜有了新名字，叫蔣方良。

那年雲門帶去的舞碼包括輓歌般的《微塵》，在每個城市，蕭士塔高維奇的弦樂四重奏掩不住觀眾的啜泣聲。聖彼得堡的觀眾告訴我，一次大戰、布爾什維克革命、內戰、大整肅、列寧格勒圍城……每個家庭都有喪亡的親人。

聖彼得堡劇院背後的 Theater Street，就是培育出尼金斯基、帕芙洛娃、巴蘭欽、紐瑞耶夫、巴瑞辛尼可夫這些偉大人物的馬林斯基芭蕾舞校。我在街角買了一束花，走進咖啡店，年少的金髮侍女嬌呼一聲，跑進廚房抱出裝水的花瓶，把花插好，才笑咪咪問我要喝什麼……

二〇二二，契訶夫戲劇節幾乎談定雲門《十三聲》到莫斯科演出的日期。二月，俄軍入侵烏克蘭，十一天後，俄羅斯把台灣列入四十八個「不友善國家」名單。淡水的雲門和莫斯科斷了電郵。一切回到冷戰時代。

關於俄羅斯，關於做過的事，記得和不記得的，「一切有為法，如夢幻泡影」。我質疑這本小書的價值，又想起〈深淵〉的詩句，相信在網路時代，它「第三天便會被搗爛再去作紙」。三月，遠方有戰爭，台北陰雨纏綿，天地昏沉，簡直讓人厭世，我跟出版社說，不出了吧。

退休後，很少去淡水雲門劇場。清明前，出大太陽的日子，我去開會，看見劇場外的草皮上有許多人，散步的，遛狗的，體操的，晒太陽的，鋪上大布野餐的，還有奔跑如飛的小孩，我愣住了。

二〇〇八，雲門八里排練場火災後，當時的台北縣長周錫瑋邀我們到閒置的中央廣播電台落腳。雲門基金會董事們決定建造雲門的基地，包括一個劇場。雲門向政府租得四十年的使用權。董事們很快展開募款。劇場要蓋在哪裡，卻成為頭痛的難題。

央廣的兩層水泥樓房是紀念性建築，不能拆除，改建。把劇場蓋在樓前的空地是合理的做法。在樓房後面蓋劇場和辦公室，意味著所有的機器和建材都要動用高聳的塔式起重機跨過樓頂，送到工地，耗工耗時耗錢。

但是，周遭的滬尾砲台，淡水高爾夫球場，百年大樹包圍著雲門預定地，我們要塞一個水泥大建築進去嗎？能不能闢出一片草皮，種樹，留下一個可以讓人呼吸的空間？

這是一個天人交戰的抉擇。公家的地，民間的捐款，壓力很大，我寢食難安，最後還是選擇昂貴的夢想。決心建造可以代表台灣的國際級建築的董事們，包容了我的任性。

房子快蓋好時，我們種下兩百多棵樹，認真照顧。田中央的設計獲頒遠東建築獎。海內外訪客無不讚美。真正讓我鬆一口氣的是來玩的人愈來愈多。

戶外演出時，觀眾坐滿草皮，在星空下看表演。週末市集像嘉年華會。平日裡，訪客安靜閒步，好天氣的黃昏，他們屏息靜觀橙紅的大太陽慢慢沉入台灣海峽。天色漸暗時，常見大人在央求小朋友回家。遊客離去後，草地沒有任何紙屑。

去開會的日子，是春天，抽長七年的樹在微風中顫動綠葉，櫻花晚謝，白花綻滿流蘇樹梢，孩童的嘻笑此起彼落。

做自己相信的事。留下可以呼吸的空間。這也許是我最勇敢的抉擇。我一直感念雲門董事的支持。

耐心種樹，耐心看孩子長大，看新一代的舞者成熟，俄羅斯可以等待。

二〇二二年四月五日 清明

孩子在雲門劇場綠草地奔跑 2022／劉振祥攝影

輯一

文青小林成長物語

我的童年不好玩。我沒玩過尪仔標或彈珠。家裡的規矩是放學就回家，回家就做功課。人生目標只能有一個：考上台大。我總是快速做完作業，然後抓起叔叔們讀爛的，上海商務出版的《紅樓》、《三國》、《水滸》，不求甚解地翻來翻去。

考上台中一中初中部的暑假，我發現書櫃上方堆著厚厚幾疊雜誌。站上椅子搬下來，是好幾年份的《自由中國》半月刊。整個夏天，我似懂非懂地讀胡適、殷海光的文章，痴迷反覆閱讀後半冊的文學欄：梁實秋的〈雅舍小品〉，吳魯芹的〈雞尾酒會〉，徐訏的〈江湖行〉，聶華苓的〈翡翠貓〉，還有林海音的〈城南舊事〉……

初三下學期，班上來了高我半個頭的江春男。他投稿《野風》，拿到稿費，我們去中央書局買書。世界上竟有這麼好的事！回家我也寫了一篇。那陣子我下課，十分鐘也跑去圖書館讀聯合副刊，就抄了報社住址寄出去。一個禮拜後，看到〈兒歌〉變成鉛字登在聯副，我抓了春男一起去圖書館看那篇短文。我們都覺得不可置信。

更奇蹟的是，千把字的〈兒歌〉稿費高達三十元，可以看十六場電影！我想了想，決定去學舞，三十元剛好付了辜雅棽舞蹈社一個月的學費，每週三次去上芭蕾。十四歲的我完全趕不上自幼習舞的小妹妹，卻也不十分在意，因為我全心投入寫作，再接再厲投稿聯副。我天天跑圖書館，等了兩個禮拜，等到一封信：「最近稿擠，大作要遲幾天刊登。」署名林海音。我這才知道，原來聯副主編就是寫《城南舊事》的林海音先生！

那是瘋狂的春天。讀小說，寫小說，還去跳舞，高中聯考我差三分，沒考上一中。父親大怒，不許我去念台中二中，讓我去管教嚴格的衛道中學住校。衛道偏遠，舞蹈課中斷，卻不妨礙我繼續寫三年。

高一寒假到台北，我去拜訪林海音先生。多年後，她會告訴人，十五歲的林懷民去她家，坐得筆直，一本正經地請教寫作的問題。事實上，我不知如何告辭，林先生的少爺回來，要吃中飯，我還呆呆坐著，林先生只好留我一起吃餃子。

開學後，我在聯副讀到兩篇「奇怪」的小說。一篇題目怪：〈失業、撲克、炸魷魚〉，作者名字也怪，叫七等生。另一篇〈把瓶子升上去〉講早上大家到學校時，看到國旗桿上吊著一個瓶子，叮叮叮地輕敲旗桿。戒嚴、審查的台灣，半夜把空瓶子升上國旗桿？許多年後，我才聽說，林先生考慮再三，決心刊登，發排後，改變主意，拆版，換上另一篇。回家後還是捨不得，於是再打電話，請排字工人再拆版，還是「把瓶子升上去」！二十八歲的黃春明才能在第二天看到他叛逆的小說在聯副跟讀者見面。

知道我在寫小說，喜歡拉小提琴的二叔告訴我，他年輕時，到松山結核療養院養病，一位叫作鍾理和的病友也在聯副發表文章。鍾先生非常安靜，二叔說，常常整天不說話。

再收到稿費，我馬上買了《雨》和《笠山農場》。書裡交代了出版的過程：一九六〇年八月四日，理和先生咯血往生，鮮血濺上正在修改的中篇小說〈雨〉的稿紙上。三個禮拜後，聯副開始連載〈雨〉。林海音先生和鍾肇政、文心等長輩組成「鍾理和遺著出版委員會」，在理和先生百日祭那天，把結集成書的《雨》供到供桌上。理和先生逝世週年，《笠山農場》出版問世。

林海音先生會修改我的稿子，同時附信說明理由。高二那年，很例外的，沒刊登也沒退稿。隔了好一陣子，才收到聯合報寄來的文章剪報，以及馬各的信，告訴我，林先生已離職，他接任聯副主編，如有新作要寄給他。

多年後，我才聽說，一九六三年，聯副發表一首題為〈故事〉的新詩，講一個愚昧的船長漂流孤島，陷入困境，老死島上，被警備總部認為影射領袖，林先生因此辭職，作者入獄三年多。

我買到馬各的書，讀到「一直是在煙波暮靄中釣星星的孩子」的句子，把它抄進筆記本裡。我投的稿馬各不一定登，我的信卻都馬上回，回答小文青的問題，聽慘綠少年訴苦，也分享他的生活：「下午滂沱大雨，報社一樓淹水，我們脫了鞋，捲起褲腳，踩水進去，像搶灘。」

大我二十一歲的馬各沒把我當孩子，我們成了無所不談，每日一信的筆友。被關在衛道，我憧憬台北和文學，晚自習時，專心爬格子，給馬各寫信。聯考很可怕也很遙遠，考上政大，完全是意外。

等我十七歲上台北，馬各已經調離聯副，《皇冠》雜誌創辦人平鑫濤先生接任主編。但馬各仍像大哥哥那樣招呼我，不斷問我缺什麼，可以怎麼幫我安頓下來。

二〇〇五年，筆名馬各的駱學良先生病逝。張作錦先生在懷念他的文章說：「馬各敬事也敬人，他給作者、讀者寫信之勤之多，常令我吃驚。若把這些來往函札編輯起來，是很有價值的文壇史料。馬各不單是尊重成名作家，尤其獎掖年輕作者，常請他們個別的、集體的喝茶聊天。」我就是他鼓勵呵護的孩子之一。

到台北沒多久，平先生跟我簽了皇冠基本作家合同，可以預支稿費。但大一的我當然趕不上瓊瑤，朱西甯，司馬中原這些前輩，對皇冠貢獻萬分微薄。

平先生主持聯副十多年，在林海音先生十年樹立的純文學風格，注入皇冠的大眾品味。六〇年代瓊瑤的《煙雨濛濛》，七〇年代三毛的《撒拉哈的故事》在聯副連載，造成轟動。一九六六年，三浦綾子的《冰點》在副刊全版連載九天後隨即全書出版，二十萬冊三天之內售盡，不斷再版，創造了台灣暢銷書的高峰。谷歌說，這個紀錄四十年後才被《哈利波特》打破。

大學時代，我窩在圖書館讀小說，視野漸開，眼高手低，寫得艱難，作品多在王鼎鈞先生以及後來的桑品載先生主編的《徵信新聞報》（《中國時報》前身）副刊發表。

畢業那年，余光中先生出任《現代文學》主編，向我約稿。我在部隊宿舍埋頭寫出中篇〈蟬〉，《現代文學》分兩期發表。然後，退伍，出書，到密蘇里大學新聞學院讀書。一個多月後，收到素昧平生的聶華苓先生來信，邀我去艾荷華共度感恩節。火雞大餐後，聶先生和安格爾先生問我要不要過去參加國際寫作計畫。我那

林懷民 1968／龍思良攝影 梁小良提供

時在大學餐廳打工，還包下週末清洗大餐廳地板和廁所的差事，立刻說好。

寫作計畫是國際作家交流的平台。我需要讀個學位跟父母交差，就進了英文系的作家工作坊，同時每週四次去上現代舞課，也參加學校舞團的演出。在艾荷華，後知後覺的我才發現，啟蒙我寫作的《自由中國》文學欄的主編就是聶華苓先生！

一九七二年，讀完書，回台灣，回政大教書。一年後，我給自己闖了大禍：在沒有專業背景，不知舞團為何物的狀況下，創辦了雲門舞集。

一九七六年，平鑫濤先生離開報社，全心經營皇冠和電影公司，馬各重掌聯副。隔年馬各創辦《聯合報》短篇小說獎，邀我當評審。我說，我我我我不敢跟林海音，彭歌這些長輩坐在一起。他說，我們需要有年輕人的觀點。大哥有令，只能遵從。那是獎金豐厚的民間文學獎的開端。

七七年，馬各策畫了「特約撰述」制度，聯合報跟一批年輕作家簽合同，月薪五千，稿費另計。那時我在政大的講師薪水只有三千出頭。印象中，簽約的作家包括三毛，吳念真，李昂，朱天文，朱天心，蔣曉雲，小野。

同年十月，馬各升任《聯合報》副總編輯，剛從美國拿到碩士學位返台的瘂弦先生接任聯副主編。隔年，高信疆重掌《中國時報》人間副刊。聯副、人間就此展開激烈的良性競爭。七八〇年代，民間在壓抑的政治氛圍中，重新認識島嶼與歷史，力圖發聲，副刊的範疇從文學擴大到社會參與，推動了台灣當代文化的發展。瘂弦是偶像級的詩人。幾代文青跪讀，背誦「哈里路亞！我仍活著。工作，散步，向壞人致敬，微笑和不朽。為生存而生存，為看雲而看雲，厚著臉皮占地球的一部分……」這類的名句。

去威斯康辛大學深造前，瘂弦主編《幼獅文藝》，用過我幾篇小說，總是叫我「小林，小林」。「小林對文字很堅持」。多年後，瘂弦成為「瘂公」，見面時總會這樣跟我開玩笑。

我投給《幼獅文藝》的〈逝者〉，寫捐軀馬祖的軍人。瘂弦請我去編輯部喝茶，說他準備發表，問我「屍白的灘地」能不能改為「慘白的灘地」？「到底是前線嘛，就只改一個字。」「小林」很倔強，不肯改。

瘂弦可以退稿，可以紅筆一揮，改幾個字發排，卻又費心地把小朋友的作品寄給朱西甯先生看。過幾天，朱先生請我們到家裡吃飯。劉慕沙阿姨布出一桌豐盛的菜餚。飯後喝茶，朱先生拿出我的稿子，說寫得很好呀。〈逝者〉一字不改發表。

退伍後，等待出國的那個暑假，白先勇從美國回台北探親，瘂弦叫「小林」去採訪他。後來聽說我在艾荷華跳舞，就要我寄幾張照片給他。《幼獅文藝》登出的舞蹈照片，讓台北的朋友嚇了一跳。

許多年後，我才明白，我去艾荷華讀書的緣由：瘂弦把《蟬》寄給聶先生，聶先生讀完後，約我過去談話，又找了在柏克萊攻讀博士學位，還未改名楊牧的葉珊寫推薦信，我才成為國際寫作計畫的成員，才在艾城變成一個光腳跳舞的人。

這件事情，三位長輩從未跟我提起。

主持聯副，瘂弦向我約稿，我說已經不會寫小說了。寫什麼都好，他回信說，寫寫跳舞的事，寫雲門，讓人知道你在做什麼，知道什麼是現代舞。

一九七九年，雲門首度赴美巡演。聯副全版刊登〈雲門舞集在美國——一次藝術的遠征〉瘂弦請文化版記者黃寤蘭連夜譯出《紐約時報》全版特寫與熱烈好評。黃寤蘭也採訪了正在舊金山訪問的殷張蘭熙女士。Nancy說：「每個社會都要有一些狂熱的忘我份子，披荊斬棘，做出常人做不到的事業來……在國外受到如此的重視，雲門成功了。」她還說：「《紐約時報》登出好評那天，林懷民一大早打電話給她，激動得不得了，完全忘了東西岸有時差，舊金山還是三更半夜。」

那是八週四十城的苦旅。聯副報導刊登時，舞團仍在路上，是最煎熬的第四週。「小林」和雲門成員收到來自故鄉的溫暖鼓勵，士氣為之一振，覺得可以繼續奮鬥下去。

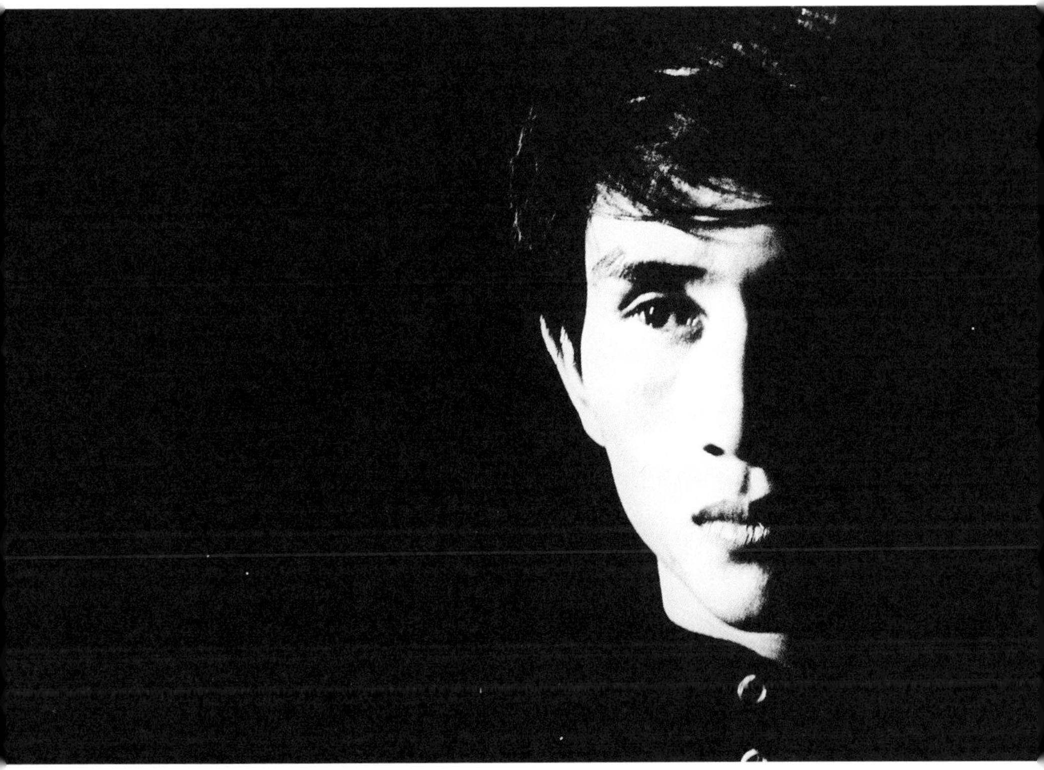

林懷民 1973／郭英聲攝影

一九九七年秋天，我編作《家族合唱》，輓悼二二八和白色恐怖的犧牲者。聯副刊登我創作歷程的長文〈一通沒人接聽的電話〉。那是瘂弦最後一次發表我的文字。翌年，他從固守二十一年的崗位退休，移居加拿大。

九〇年代後期起，雲門國際巡演頻繁。海外行程有時一年高達百日，有幾年每年要排六、七套不同的節目。在台灣的時間，總在排練場編新舞排舊作。文字離我愈來愈遠。接替瘂弦主編聯副的詩人陳義芝邀稿，我總是讓他失望。

二〇〇七年春天，雲門有七週的澳歐巡演行程，行銷部要我在舞團網站報導巡演的狀況。我就在候機室，飛機上，巴士上，在劇場後台，寫出長短不一的札記。剛好義芝來信，說他就要離開報社去師大教書，約了十年稿，總該給他一篇吧，寫什麼他都登。我請他選幾篇札記在聯副同步發表。沒想到他每天登，把四十一篇〈流浪者之歌手記〉通通登完。

網站興起，紙本媒體衰退，後援有限的副刊無法像八〇年代那樣風風火火，呼風喚雨。接續義芝的主編宇文正卻像靈敏的巧婦，堅守副刊的文學性，不時發表眼亮的文章讓人討論傳誦。七十歲的聯副仍然是台灣文學重鎮。

曾幾何時，「小林」已成白髮蒼蒼的老林，思緒散漫，單指擊鍵屢屢出錯，不得不寫的唯有輓歌。文正讓我在聯副發表了懷念母親的〈心經〉，以及追悼《漢聲》雜誌創辦人吳美雲的〈思念Linda：回顧一個奮發的時代〉。

聯副七十，文正要我寫篇文章，我愕然發覺〈兒歌〉登到聯副已是六十年前的事了。我想起林海音，馬各和瘂弦寫在聯副褐黃柔軟稿紙上的溫暖文字。

我想起林先生的家宴，她親自下廚的美食，她豪邁的笑聲。在她家，我認識了余光中先生，齊邦媛先生，還有後來熱情支持雲門的中華民國筆會會長、翻譯家殷張蘭熙女士。這幾位長輩為成長中的我拓展視野，樹立為人處世的風範。

無法忘懷馬各說起抗戰中「十萬青年十萬軍」的激情，以及他成年後的瀟灑氣度。主掌聯副二十年給作者寫了上萬封信的瘂弦，跟我這個晚輩敍述，他以「少年兵」的身分隨軍來台，思鄉思母，離家四十二年後，回到故鄉，親戚轉告他母親的遺言：「告訴我娃兒，娘是想他想死的。」他們都是從離散的時代走出來的年輕人，孤身奮鬥卓然成家，永遠寬厚待人。

我何其幸運，能夠在許多長輩的栽培提攜下走到今天，我始終覺得應該做得更好，也期待自己能像這些長輩那樣，對年輕朋友竭力協助。

雲門事務繁雜，我的大腦容量不足，退休後發現記得的事情很少，有些舞作需人提醒才知道自己編過，去過哪些城市演出，要翻閱大塊出版的《跟雲門去流浪》

求證。長年關在排練場工作，幾乎沒有社交生活，卻為了演出的宣傳，每年幾百小時，在國際電話和每個城市的記者會講話，記者竟成為我「聊天」的對象，不知不覺跟長輩和朋友少了聯繫。

盛夏居家，一面為疫情焦慮，一面追憶往事，查證年代，這篇文章寫得斷斷續續，心中充滿遺憾。我問自己：瘂弦返台時，為什麼沒跟他吃幾頓飯聊聊天？為什麼從來沒有跟馬各一起出海釣魚？

原載二〇二一年九月二十三至二十四日《聯合報》

失足與起步

門外的告白

紐約西城五十八街二〇〇號十三樓。克勞拉．崔爾工作室。是三月，大雪紛飛的三月。從窗口望出去，白蒼蒼的雪無邊飄落，到了地上遭汽車輾過就變成醬黑的泥水，飛濺到路旁。人行道上示範著美國的自由民主：根植在雪堆裡的陳年垃圾，日日定時出現的狗屎。沿著垃圾朝南行，鄰街是卡內基音樂廳，長笛大師郎帕爾今夜演奏。往北走，兩分鐘就進了中央公園。張牙舞爪的大樹穿上白制服守候著中央公園治安最好的季節。再往北是六十五街林肯中心。天黑後，燈火映亮階前白雪，舞台上市立芭蕾舞者花蝴蝶地躍進飛出，慷慨揮霍汗水、精力和青春……

然而，克勞拉．崔爾工作室的訪客沒心情憑窗觀雪。滿頭銀髮的崔爾小姐天天仔細描好眼線，塗好唇膏，綻出白皓皓的假牙問你：「今天感覺如何，甜心。」崔爾小姐嚴禁訪客在廊道上逗留，要坐要等，到更衣室去。「我不要這個地方看起來像醫院！」用心良苦，然而所有的人都知道工作室只是個好聽的名字，復健中心才是真正的內容，所有的人都曉得自己是病號，洗手間牆上，有人龍飛鳳舞大聲宣布：「To live is to DANCE !」

「甜心」之後，舞者出身的克勞拉請你上床。機器床，床板下安著彈簧條，頭頂橫著鐵桿。崔爾小姐依傷情指導你做機械操。正確的姿勢，以正確的力度使用正確的肌肉，一絲不苟。如果她要你做五次，你做了六回，你就有幸領教著名的「崔爾雷霆」。「多做一次，你就晚一天好。傷上加傷，你有種！」不論罪情輕重，結論是公式化的「你回家去，不要再來，你煩死我了！」

呼吸，拉脊椎，踩踏板，仰臥起坐，腳腕舉重……披枷戴鎖，把各種花招輪番做完，崔爾小姐滿意地誇你有進步，「明天見，甜心。」你就可以大赦到更衣室去。更衣室是小小的俱樂部，各大舞團都派有代表。小龍套與熠熠紅星都是一條船上的人。大家同病相憐，彼此打氣。

《紐約時報》宣稱，職業舞者十個九個身上有毛病。美國芭蕾舞劇團的通疾是背疾，由於長時間在古典舞劇中一動不動地擺姿勢，當天鵝或仙女。葛蘭姆技巧容易導致脊椎與膝蓋的傷害，由於縮腹與地板動作。紐約市立芭蕾的毛病發作在腿部肌肉，因為巴蘭欽要求奔馬的速度。舞台上那些旋來轉去的人兒，嚴格來說，都應回家休息。

《紐約時報》記者心照不宣的是，舞者最無法忍受的莫過於「回家休息」。舞者所以成為舞者的首要條件便是能夠忍受——不，能夠喜歡——不，能夠獻身那日復一日的動作訓練。有規律的訓練使你自如舞動，代價卻是昂貴的：你失去了做普通人的自由。兩三天不上課，筋骨不適倒在其次，心理的不安與罪惡感則揮之不去。紐約職業舞者每年平均演出兩百多場。辛苦的上課，排練，演出，使人人渴望休假。真正放假了，大多數人度假的重心卻是找個好老師上課去。舞者真正的假期只有兩種：退休或受傷。

畫家揮使毫筆，音樂家駕馭樂器，舞者的表達工具則是他的身體。欲善其事，必利其器。長期處在繁複高速的運動狀態下，隨時嘗試不可能的動作，脆弱的血肉之軀傷損的機會極大。男性舞者在大動量的舞步之外，還得是個舉重健將。如果舞伴體重四十五公斤，一支舞下來，上千公斤的負荷，又增加受傷的可能性。避免受傷最好的辦法依然是——天天上課，使身體永遠保持良好的狀態。有了小毛病，最好趕快處理。大部分小毛病，你不去管它，或根本沒察覺，日積月累真正發作受傷，舞者便得被迫休假。市立芭蕾首席男舞星愛德華．維葉拉受傷後檢查，發現全身骨骼有十九處碎裂，全是舊創，而他竟不知不覺地跳了許多年。

在這種情況下，紐約職業舞者多有三個幕後人士把他們調理起來，讓他們繼續上台發光發熱——醫生，復健專家，特別按摩師。

如果你是「休假」的舞者，如果你剛好在紐約，「街角上問一問」，很快地，入境問俗，你也有了三位監護人。

羅思密大夫也住五十八街，診所掛滿了大明星簽名致謝的照片。他動動你的腿，「嗯，很好的 Turn out！」把腳拉直，「嗯，彈性不錯，跳得很高吧！」扭扭肌肉，「很晚才學舞吧？二十二？二十三？」幾張 X 光一照，他讚美了：「好了不起！你還上台表演啊？脊椎畸形發展，看到沒有？倒數第三塊，歪了一邊，缺了一角——不要緊，『大家』都這樣。大腿肌肉發展過度。左腿大筋扭傷，右腳小腿肚肌肉破裂——怎麼發生的？」

怎麼發生的？

九月十五日七點正，國父紀念館後台。妝化好了。暖身做過了，場子裡已有觀眾的談笑聲。半小時後，大幕必須打開——然而，開幕戲《紅線繩》的服裝尚未送到。

這是《紅線繩》的首演。道具、面具已使舞者心頭沉重，而服裝尚未上身，上了台如何表演。舞者急成一團，你也急，繼續打電話催服裝公司，一面安慰舞者，李老闆一定送到，李老闆從不誤事！

李老闆是台灣舞蹈界最不可或缺的人士。雲門舞者的三圍，他倒背如流。「哪個人的第一雙舞鞋，第一套舞衣不是我做的？我看著他們長大的！」二十多年如一日，他研究芭蕾舞鞋的構造，如法炮製，廉價出售。他考證、發明民族舞蹈的服裝。台灣舞台上，乃至出國團體的舞衣十之八九都是他青龍公司的出品。

對雲門，李老闆充滿複雜的感情。「你總是不按牌理出牌，專出怪招來煩我。民族舞蹈的衣服我一天做上百件，你的衣服三天只能做一件。你們又窮，做雲門舞衣，我賠時間賠工錢！」然而，李老闆歡迎挑戰。他說有些衣服是生意，有些是作品；做得不滿意，他說我們重來。

於是李老闆等了三週的太陽，趕個大晴天，在巷子裡鋪起報紙，剪裁《寒食》的大袍子。《孔雀東南飛》起飛前夕，發現劉蘭芝的服裝不如理想，他拖著疲憊的身子陪你半夜敲開鴻翔的大門，重新選了布料，連夜趕工。《紅線繩》的設計與衣料擱了半個月，因為幾千件民族舞蹈比賽的衣服急待打發，才能再去煩奇形怪狀的月下老人戲服。他紅著幾夜未闔的眼睛打揖抱歉，你也打揖拜託。他說，一定誤不了。然而，觀眾到了，衣服還未見影子。

開幕前二十分鐘，只剩半口氣的李老闆帶著兩個裁縫趕到。可是，我的天，忙中有錯、尺寸不對，跟設計也有出入，舞者們幾乎要哭了。「別急，別急，改改就好。」你哄著哄著，拿起針線大家動手改。舞台監督在叫：「還有十分鐘。」

雲門舞集破天荒晚了五分鐘開幕。舞者們強自鎮定，差強人意地把舞跳完，你一邊做暖身運動，眼睛卻不由自主地往台上瞄。及至掌聲起時，才大夢初醒地意識到該自己上場了。

冷靜。冷靜。你果然冷靜下來，你聽到大幕咯咯升起，停了。你深吸口氣，隨著耳熟的《盲》的笛聲，向漆黑的舞台衝出。燈光下，你急翻身，落地，觀眾發出預期的驚歎，你往前爬，拍響地板，你跪轉，你由蹲坐往上騰躍，你應該雙足落地，但右腳搶了先，你感覺到，你知道終於發生了，舞者最大的恐懼，你感覺到，碎裂，無聲無息。觀眾席悄然如常，靜靜地張著五千隻眼睛，頭上一盞盞冷青的燈光，你出冷汗，你軟腳，小腿肚腫脹，鉛重起來，整個人往地底沉下去——你聽到音樂繼續流著，你咬著牙繼續往前舞動……《盲》的音樂到了尾聲，大家站在舞台中心，高舉雙手向空中伸去，伸去，你看到頂燈一點點，一點點暗下來……

下半場的《哪吒》，只好取消，以《白蛇傳》替代。舞者改裝上台，一番忙亂

林懷民在雲門台北首演夜演出《盲》1973／姚孟嘉攝影

之後，化妝室只剩你一人，和腫了一倍大的小腿，以及心頭的悔恨。午夜闖進醫生家。針灸。第二天，再針灸，脅下多了一副枴杖。寸步難行，但時候到了，你扔下枴杖，笑嘻嘻地上台。戲，必須演下去，還有三場……

如何發生？如何？羅思密大夫殷殷問詢。可是，羅思密大夫不知台灣何在，不諳台灣的舞蹈氣候，不曉得在台灣想要有專業水準的舞蹈，就必須先兼任許多副業。練舞教舞編舞之餘，你必須東奔西跑把音樂、美工的人才集合起來，必須動口動筆告訴人跳舞是件正經事。雲門之外，你必須教書，否則下個月房租就有問題。你必須到文化學院教舞，因為未來中國舞蹈的希望似乎就在那裡。華崗冬天苦寒，你教著教著，忍不住站起來示範，脊椎抗議了……如何發生？你只知幕起了，戲就得演下去；一旦開始，只有勇往直前，肉體罷工時，精神將它喚醒；等到你不得不停步自問如何發生，一切已經結束了。而這一切離落雪的三月天，離五十八街暖氣如春的診所太遙遠，你只能簡單報告：意外。大夫解人地笑了：「不要緊，我會還你一個新的身體。」頓時身價百倍了：第一份帳單高達一百二十五美元。大夫自然不知道台灣的舞者沒有專業劇場，沒有藝術經紀人之外，也沒有保險。

羅思密大夫把你介紹給崔爾小姐。崔爾小姐要你去找推拿專家李格南。

舞蹈是李格南先生年輕時代的志趣。如今，六五高齡仍每週三次上芭蕾課，增加對病人的瞭解。他深信「病由心起」，瞭解了肌肉骨骼還不夠，他花時間跟你對談。忽然，你有了一位毛遂自薦的心理分析家！

也許因為在日本住過多年，李格南先生的公寓塞滿了東方古董，說起話來也不同凡響。手上使勁按摩，嘴巴滔滔不絕：「年輕人的虛榮，野心大，總不肯認命，不懂照顧自己……那些美國孩子不識好歹，虛擲青春，糟蹋自己，你怎麼跟他們學？你們莊子先生怎麼說的？唉呀呀，這條筋怎麼沒有反應？」

閉上嘴，專心摸索，找到兩個你自己也不曉得的肌肉疙瘩。他用心對付起來，等到那條筋有反應時，你早已痛出兩行淚水。

「知道疼痛總是好的，」李格南先生機會教育：「任性要付出代價。身子不是木頭做的，要聽聽你的肌肉說些什麼。」

一回生二回熟，他開始身家調查。躺著沒事，你也對答如流。於是，「你的毛病出在頭部。想得太多！瞧，脖子硬得需要一根鐵鎚！放鬆！……寫寫小說不是很好嗎？怎麼走上這條路？」你愣住了。冷不防，屁股挨了一巴掌：「你又在想什麼？放鬆！放鬆！……」

怎麼走上這條路？

五歲那年看《紅菱豔》中了邪開始跳起來？十五歲在台中體育館看荷西．李蒙把手伸得高高演出《奧塞羅》，發憤要當個舞者？二十三歲在葛蘭姆學校流汗挨罵，才決心做出一番事業給那個日本老師看？不錯，台灣應該有個舞團。你希望促成這件事。台北的舞者應該很多，學文學耍筆桿的你最多只能寫文章舞評，做個搖旗吶喊的小兵吧，這樣想著，你回國，回去教書。

真正的開始是回國的第三天。

中央社范大龍帶了一群新朋友來訪。李泰祥，許博允，徐進良，陳學同，以及一位沉默的女孩。因為初次見面，所有的話題彷彿都插不了嘴。倒茶送水之餘，只聽到許多台北藝術界的近況與苦悶。大家要求徐進良放他在義大利獲獎的電影《大寂之劍》，徐進良執意不肯。吵吵說說兩小時，那位不大說話的女孩子叫起來了：「你們這些男生無聊透了！」說著說著，氣沖沖奪門而去。這一去去得很遠——非洲。四年後重逢時，她有了一個新名字——三毛。

那夜聚會的結果是：文化學院畢業的陳學同向他系主任高棪先生報告。於是高先生請吃飯。「至少應該到華崗跟同學們談談，讓她們知道美國舞蹈界的近況，」高主任說得很客氣。上了華崗，就下不來了。何惠楨，鄭淑姬這些要強、好學的少年舞者使你覺得有責任把你所知道的那一點點教給她們。

殷允芃找你到美新處演講。你躊躇一下，她激將了：「在美國叫著要回來做事。回來了，連說話也縮頭縮腦！」聽眾把美新處擠得滿滿。那一張張熱情的年輕的臉是一份力量。你激動了。你想起芝加哥大雪中參加釣魚台遊行的另一群青年朋友。每種工作都應有人去把它做好。要求別人，不如反求諸己。能做多少，就做多少吧。

從美新處回家，午夜裡接到俞大綱先生的電話。「林先生，」他叫你林先生！「內人和我明天晚上要到文藝中心看戲，剛好多了張票，你能不能陪我們去？」你對京劇一竅不通，只覺得吵鬧的鑼鼓，尖銳的假嗓令人神經衰弱，但是你去了，由於對俞先生的敬畏，由於俞先生聲音裡的誠懇。這以後，俞先生看戲總是剛好多一張票。在戲院裡，你正襟危坐。是俞先生精闢的解說逐漸撫平你的排斥，使你一步步親近了京劇迷人的世界。

李泰祥，陳學同先後赴美。許博允衝勁十足地提議合作。由吳靜吉執導，你編舞，他和溫隆信寫曲，做「多元媒體」的演出。告貸無門。每人斥資六千元作為基金。許博允寫《中國戲曲的冥想》，溫隆信作《眠》以及另一首現代樂。音樂遲遲交卷，錄完音樂，基金所剩無幾，而演出日期已迫在眉睫，舞絕對編不出來了，「多元媒體」宣告流產。舞者與音樂家共同擁有三卷錄音帶。吳靜吉成為出錢出力的藝術贊助人。

然後是史惟亮先生。史老師邀請，在「中國現代樂府」的總題下，由省交響樂團主辦，你用中國作曲家的音樂編舞演出。每個人驚喜地發現中山堂坐滿了心存鼓勵的觀眾。那是一九七三年的秋天。

就這樣，你在初初回國的「高熱」下，「一失足成千古恨」地步上雲門之路。跳舞不是你唯一的出路，既然要幹，就得全力以赴，台灣不必多一個玩票的舞者，你希望雲門能讓自己驕傲，讓社會振奮。然而，躺在床上架構空中樓閣，下筆千言暢述理想，甚至站在眾人之前高聲疾呼是容易的。真正「起而行」，你才知道羅馬不是一天造成。把自己風雨無阻地天天帶到練舞所就是一項挑戰。要求舞者把腿拉直，拿高，對你和舞者都是毅力與耐心的考驗。今天拉直了，明天不一定直，今天拿高了，明天必須拿得更高。絞盡腦汁，找材料，構思新作，請作曲家寫曲，找音樂家把曲子演奏錄音，然後你才能一小節、一小節地把舞編出來。編好了，練了再練，練到舞者開始恨你的時候，一個作品才略略成形。然後是服裝、道具、燈光、場地、票務……台灣劇場尚未專業化，一切必須自己摸索解決。一場演出往往是一年，或者兩三年的血汗。一季演出結束，痛定思痛，往往兩種念頭一齊襲上心頭：「下次不幹了！」以及「下次要演什麼？」外國編舞家一年只有一兩個新

林懷民在紐約 1972／林懷民提供

作。在台灣，由於劇院少，觀眾固定而有限，每次演出勢必推陳出新，於是你像機器一樣每年編作三四個，乃至五六個作品，而你依然渴望新的不同於舊的，新的比舊的更上層樓……

即使不演出，工作一樣持續著。每到月底，義務處理帳務的舞者王連枝就會來找你，下週發薪，還差一點。她伸出兩根指頭。「兩千？」她搖搖頭：「兩萬！」舞者們大都離家在外，沒有家人的照顧，甚至沒有家人的祝福。凌晨兩點，吳興國打電話把你叫醒：「林老師，我胃痛得不得了。」你披衣外出，接了他敲開醫院的大門。七點半，你趕交通車到政大上課。短短的時間裡，你由背包包遊歐洲的學生變成一個老師，變成舞團的負責人，你被強迫長大。

屁股又挨了一巴掌。「放鬆！放鬆！你不放鬆，傷好了，還會再受傷。」李格南的聲音裡忽然有老奶奶的哀求。看著他在髮下滿額汗珠，你感到抱歉。把你調理好，是他給自己的挑戰。你明白什麼是挑戰。你渴望放鬆，但雲門五年，面對挑戰之餘，你已被訓練得不知冷熱，不知疼痛。肉體承擔著一切壓力，你閉起眼不去看它。初習舞蹈之時，你花時間把成形固定的筋骨撕開重組，驅策身體去做它原做不到的事。回國之後，無人一旁修正指導，你以意志繼續驅策疲憊的肢體去舞動。每當混亂結束，一切就緒，只待幕起之時，你已筋疲力竭。你憎恨上台。即使盡了全力，個人的演出總是不如理想。散場之後，有時由後台跳窗而去，怕見舞台入口等待的觀眾朋友。回到家，你就得收起感傷與悔恨，強迫自己睡覺：明天還有許多工作。承受無數人的關切與協助，雲門是一輛不許拋錨的火車。

你想下車。一九七五年秋天，兩度出國公演之後，你決定下車。你感到自己的不足，你累了，你編不出新舞，你不想編，你找不到錢。你宣布解散，關起門來，一個人喝酒，你彷彿知道什麼是精神崩潰……

然而，舞者們一個個回來了。午夜裡，俞大綱先生來電話找你去談話。「如果京劇一定要僵化，消逝，我絕不惋惜。可是，雲門是一個新的開始。不能剛開始就放棄。剛開始不順利，不成熟是必然的，你還年輕，只要堅持下去，吃再大的苦頭，總會看得到它成熟，總會得到安慰。我年紀一大把，看不到那一天了，但是我還是願意盡我的力量來鼓舞你們……你不許關門！」

一個冬天的夜晚，你在電視公司遇到蔡瑞月先生。錄影八點開始，她七點就到，仔細化妝，耐心等待，等到十二點才上鏡頭，錄完影已是凌晨一點半。望著那靜坐的身影，你想起幼年在《學友雜誌》讀到有關於她的介紹。中學時代看她的表演會，你第一次知道，男孩子也可以跳舞。三十年前，舞蹈環境還比今天惡劣，三十年的舞蹈生涯，一路是何等的風景！蔡先生卻沉住氣訓練了一代又一代的舞者。三十年後，她依然充滿敬業精神地把頭抬得高高，靜靜等待上場。你忍不住上前傾訴你的敬意與感動。你說：「如果沒有蔡先生這樣的舞蹈老師，今天不會有年輕一代的舞者，不會有雲門舞集。」蔡瑞月先生顯然吃了一驚。她愣了一下，然後，很簡單，很誠懇，也很肯定地答道：「還是會有的，只是會慢一點。」

一夜不眠之後，你去拜訪僅有一面之緣的葉公超先生。葉先生在五分鐘內答應出面召集雲門的基金會。雲門終於有了一筆為數不大卻足以解饑救急的周轉金。史惟亮先生也雪中送炭地重寫了《小鼓手》。一九七六年春天，雲門東山再起，與小大鵬在藝術館攜手演出《小鼓手》，演出後的南海路觀眾歡聲笑語。

去年春天，史惟亮先生病逝榮總。從醫院出來，你一路號啕。哭史先生的壯志未酬，也哭自己的脆弱無能。

五月初的清晨，你打電話給俞大綱先生，請教一些唐詩的問題。辦公室接電話的小姐，慌亂地，語無倫次地答道：「你要找俞先生，到台大醫院太平間，快去！」這一回，你哭不出來了，只告訴自己，要長大，要成熟，要肩負責任。

你感到肩膀的緊張。身體屢次抗議，你停不下來。半夜裡，鄰家電話鈴鈴作響，你翻被坐起，朦朧間以為俞先生打電話找你。冷靜冷靜，你要停下來，冷靜

《小鼓手》的小觀眾 台北南海路藝術館 1976／謝嘯良攝影

想一想。你不能想，明天一早有幾個電話要打，要上政大，去雲門，要見裁縫，要……你不必強迫自己，一下子又睡著了。你甚至在排舞時昏睡過去，舞者擰小了音樂，把舞繼續跳下去。你掙扎著醒來。你掙扎往前走，掙扎往上騰躍。落地時，你終於感覺到了，你聽到勉力撐持的一切在剎那間無聲無息地碎裂了。

你不能原諒自己。

小腿肌肉破裂。大家聽了，臉色為之大變。有人建議開刀，紀政就是開刀好的。但紀政退休了。你繼續針灸，半個月後，丟開枴杖，上飛機到加州去。休息了一陣子，你拿繃帶紮起傷腿，開始上課。舊傷未癒，十二月初，你扭傷了左腿大筋。奔馳於高速公路尋訪醫生之餘，你安靜地躺在床上，安靜地望著窗外黃葉一片片飄落。南加州的陽光從未如此黯淡。

「任性是要付出代價的。」李格南先生如是說。

大雪紛飛的三月天，你走在中央公園白皚皚的小徑。你呼吸著冷冽的空氣，慢慢往前走。六年前春天，興沖沖騎腳踏車穿過公園趕到葛蘭姆學校上課，恍然是隔世的舊事。你慢慢地走，慢慢有了回憶……

有天晚上，課上到一半，停電了。大家翻箱倒篋找出蠟燭，把舞繼續跳下去，影子隨著燭光搖晃了一室。許多晚上，樊曼儂耐心地為你分析舞曲的結構，甚至爬四層樓，上雲門幫你打拍子。舞者也幫你數「一、二、三、四——不對，老師你又數快了！」他們的舞齡比你大，懂得比你多，舞編一半，你停下來，問他們某個動作應該怎麼做。是這樣，是這樣一起摸索一起長大的。停電時，點起蠟燭，繼續跳。在台中中興堂漆黑的舞台上，雲門首度公演開幕前一分鐘，鄭淑姬忽然跑過來「請假」：「能不能等一下下，我要上一號！」你在國父紀念館受傷那夜，中場休息時，你問是否可以改節目。舞者們驚恐慌亂，卻一個個咬緊牙睜圓眼，毅然點頭，把戲繼續演下去。出國後，你在報上讀到他們獨立演出的消息；咬著牙，也許。你知道他們長大了，你也不再是六年前那個笑嘻嘻，沒有「生活過」的大孩子。

你忘不了那個滿臉青春痘的孩子，胸口繡著「強恕中學」的字樣，在○南公車上，由人隙擠過來：「你是林先生嗎？雲門舞集為什麼要解散？我從來沒有看過舞蹈表演，我女朋友拖我去的！我喜歡《寒食》和《白蛇傳》……雲門解散了，我們要看什麼呢？」

你忘不了俞大綱先生說：「不要關門，你來，我講李義山給你調劑調劑。」俞先生按時上課，至於創作，他讓你獨立奮鬥：「你比我清楚。」你向姚一葦先生討救兵。「說說看，你打算怎麼做？」構想一，構想二，構想三……你不知該怎麼辦。姚先生吸口菸，耐煩地為你分析各種構想的利弊。演出後，他跟你開檢討會。還有聶光炎先生，無時不在的聶先生，在後台按著你的肩膀：「不要慌，不要慌。」朋友看你忙得團團轉，笑你是個碟仙。他不曉得碟仙是許多手帶著走的。師長，朋友，舞者，觀眾。每回演出，你覺得是個大家庭的定期聚會。

聽說雲門有份錄影帶，林肯中心表演藝術圖書館舞蹈部的負責人，費盡周折，找人連絡，要求觀賞。一路看，一路讚歎。看完了，她問什麼地方可以買到這份影帶。「不能相信台灣有這樣的舞團！」你笑了，靜靜告訴她，這不是台灣唯一的舞團。從送票沒人看，到買不到票，台灣舞蹈界進步了。許多舞者的心血與汗水，無數觀眾的參與和鞭策。

許多人，許多事，太快，太多，太急。然而時代是如此的轟轟然，絕不等待。不趕不快是來不及了。匆匆六年過去了。六年了嗎？你在中央公園停步自問。回首處是一行清楚的足跡。冰天雪地裡，你不感到孤單，你不後悔。

冰天雪地裡，你學習忍耐，學習接受自己的不足與有限，練習彎曲與回彈。受傷使你冷靜，使你細思你由何處來，應往何處去；如果再度失足，你會自己爬起來，再往前走。

六年前回國第三天，尾隨許博允一行來訪的是另一位初識的朋友。因為跟任何

林懷民與雲門舞者在台北青年公園戶外舞台排練《廖添丁》1980／謝嘯良攝影

人都不熟，靜坐一旁翻閱書報。三毛一走，他也很快告辭。第二天，你收到他的信，微黃的宣紙上飛著瀟灑的毛筆字。一個月後，這位朋友飄然遠行，出國讀書，那封信卻跟你度過許多紛擾的時光，跟你走遍天涯。落雪的三月天，你在紐約的小房間，重新拂閱那兩張碎裂起皺的宣紙。

信是這樣寫的：

今晚我從一位教授家的客廳跑到你家，由一個熱鬧跑到另一個熱鬧，所見的都是有熱情有抱負的人才，所聽所聞卻是不再新鮮的話題。我的客廳也曾是這樣一個熱鬧的場所，倒茶送水之餘，我發現生命在這些話題間荒廢了，而所談論的問題卻都沒有解決……因為投緣，因為都是年輕人，我就不揣冒昧地向你吐出歸來不寧的心緒。希望你和你的朋友能夠在這些蕪亂的問題與坎坷的現實之間，以清明的眼光，冷靜的頭腦，腳踏實地地維繫共同理想的不墜……

後記

親愛的朋友：

我很好。每天盡職地去接受物理治療，每夜盡職地上劇院看戲，觀舞。我檢討過去的作品，也構思新作，並且學習慢慢走路。

復活節的午後，我走到街角的小店。買了一根短短胖胖的木頭。看店的小姐是個紮雙辮的台灣女孩子。她告訴我，她是滬江中學畢業的。她說，如果我每天給它一點點水，那塊木頭就會長出芽來。到了春天，我就會有幾片綠來點綴我客居的日子。到了春天，希望能夠審慎地踩出我的第一步。

無限的懷念與祝福

懷民

寫於一九七八年三月紐約旅次

原載一九七八年五月二十五、二十六日《中國時報》

後來

那年六月底，我回到台灣。十二月十六日，新作《薪傳》在嘉義體育館首演。

那天早上，美國卡特總統宣布將與中華民國斷交。

擦肩而過

每逢有人問我如何「堅持」地熬過十年的舞蹈歲月，立時當刻，我總答不出話來。腦海裡漲滿了人影，許多竟是擦肩而過，不知名姓的臉孔。

巡演至柏林，得了半日空閒，雲門不能免俗地去看柏林圍牆。親眼目睹東柏林樓房一口口像被蒙上眼的，被堵死的窗口，心中大受震撼。然而，印象更深的卻是圍牆下一位台灣女孩。十七歲，參加旅行團遊歐洲，我問她怕不怕，一個人在異國。她吃驚地反問有什麼可怕。她說，她在台北一家大廈旁賣貢丸湯。國中畢業了，父母把小攤子交給她，要她自己做生意賺錢好辦嫁妝。年紀還小，結婚還早，她說。積了錢她就出國看大世界。在高大的洋人聚立的柏林圍牆前，一個嬌小，樸實的台灣女孩，告訴我自食其力的驕傲，以及理直氣壯的信心。

在威尼斯，遇到過一群台灣去的觀光客。是中年人，太太們穿著兩截式的衣裙——從南部鄉間一腳跨到聖馬可廣場。一群人在外國觀光客前，昂昂然地走來走去，沒有喧譁，也沒有壓低嗓門說話，有如在故鄉的媽祖廟前。「出來看看也好，」一位先生說：「人家是有可以學習的地方。可是看來看去，還是台灣好。」他惦記家裡的收割。這位先生的太太問我家住何處？「北投。」哪條街？她追問。她表妹住北投，給了我地址，要我回家後要去拜訪她表妹。我忽然想起家來。

住處五分鐘的閒步，溪旁有一汪溫泉。原是露天的溫泉，總挨到午夜才摸黑出浴。二年前，社區裡一位收廢紙的老先生登門拜訪，說他受眾人之託主持公共浴室的興建，前來募捐。詞語誠懇，我捐了五百，捐過就忘了。一個月後，溫泉大興土木。我們有了一棟鋼筋水泥的浴室，男女分界，蠟燭照明。浴罷，我赫然發現自己的名字登錄在一方木塊的捐款芳名錄上。「我們的」溫泉浴室，自此聲名遠播，清晨至深夜，浴客不斷，有的遠遠來自延平北路的大稻埕！

好景不常，三數月後，「我們的」浴室被夷為平地！月光下只見水泥塊和扭曲的鋼筋泡在冒煙的溫泉裡。據說是溪旁蓋大樓的包商意圖占有水源，一狀告進市府，我們的違章建築獲得法律規定的下場。月光下，我們三五成群地站著議論，有無限的惋惜。一位中年人站在水裡把碎水泥塊「幹你娘，幹你娘」地往外丟。

兩天內，水裡的垃圾清除乾淨，簡陋的篷子搭起來了。募款重新進行，一個月後，「我們的」新浴室在溪旁頂天立地。又過了幾天，市議員被請來了。忽然有一天，我發覺原釘芳名錄的牆上有了一塊新牌子，上書「北投社區康樂中心」——我們合法化了！

躺臥在溫泉裡，居民津津樂道整個「合法化」的過程，談了幾個晚上，因為「打拚」了，就有驕傲。就在那窄小的池內，一位髮蒼蒼的老先生總是「多管閒事」地叮囑「少年家」：「先在外頭沖乾淨再入池。」每有新來者，他必不厭其煩地提醒：「這個水是公家的！」不管離家多遠，我懷念那位在微亮的浴室裡，默默執行「傳統道德」的老人家，而得到有如沐浴的溫暖。

一九八〇年，美國公演歸來的雲門面臨前所未有的債務：兩百萬。苦悶許久之後，決定出門做點事，給自己一點鼓勵。那年春天，我們到低收入地區做免費演出。松山商職操場野台演出是在雨中進行的。觀眾六千，自始至終不肯離去。每演完一支舞，工作人員立刻抹地板，而舞者在滑跤後，笑嘻嘻地爬起來繼續跳下去。散戲後，觀眾把椅子送回教室，哄鬧中，一位矮胖的婦人喚住我。「一直在報上看到你們打拚的消息，可是我晚上走不開，不能去國父紀念館。今天你們來我們這裡表演，說什麼我也要把雜貨店關掉來給你們加油……」她掏出三千塊，要給舞者宵夜，「我看你們都太瘦了。」她把錢塞給我，用雙手抓住我的手。我不該收這筆錢的，可是我不能不收，不能拂卻她的善意，更沒有權利拒絕她參與的熱情。

社會工作人員說，雙園區居民的教育程度平均小學三四年級。我們借用華江女中禮堂為居民演出。黃昏上燈前，我看見社工人員把雙園的服務人員集合起來，分配工作。高矮胖瘦，小學生到大專青年，是一支雜牌軍。演出間，我由禮堂外出打電話，卻進不了化妝室，一位十歲左右的小朋友，握著童軍棍一將當關。我告訴他我是誰。他很簡單地回答：「你沒配戴工作證。」那樣瘦小，又那樣堅持，不行就是不行。他站了兩三個小時，他沒看戲。我繞道而行。我想向他鞠躬。

經常想到大甲那位老太太。七八十了吧，白髮稀疏，藍衫黑褲有幾塊補釘。也許沒聽到廣播的「拜託」，也許根本聽不到什麼聲音，大大方方盤腿坐在舞台前的地板。《薪傳》的〈渡海〉演出時，她出神地咧開嘴，淚水爬滿皺紋縱橫的臉龐。叫人落淚的舞不一定就是好作品。然而，那張臉使我震動。或者就在流淚的剎那裡，老太太暫時忘懷了生活的煩苦吧，即使只有這樣一位觀眾，即使只有這樣的一剎那，旅行，搭台，演出的汗水絕對沒有白流！

雅典的機場，忽然有人喊我：「林先生！」是一位手提藏青行李袋，準備換

雲門首度到鄉鎮免費演出《白蛇傳》舞者在美濃國中禮堂謝幕 1980／林柏樑攝影

機到土耳其上船的海員。「君自故鄉來」，我立刻問起台灣的近況。他鉅細無遺地跟我剖析台北的時事，包括經濟的不景氣，立法院的質詢……還有，銀行劫鈔案破了。獨行盜叫李師科。說完李師科的故事，他嘆口氣，加上一句：「原是個好人。」雅典機場裡，我們抽著菸，沉默了十幾分鐘。上機的時候到了，他的握手堅定有力。沒有說再見，我們各走各的，也許步子有力了一點。

赴巴黎的旅途中在香港轉機，法航誤點。法航人員說不出延誤多久，要我們等。等了一小時，飛機還在印度孟買待修。法航要我們再等。正待去理論，三五位手提○○七黑皮箱的台灣商人，操著不十分流利的英文，搥他的櫃台。法航送我們出海關，住進旅館過夜。法航班機延誤三十小時。一天一夜，這幾位商界的朋友據理力爭，要求合理的待遇，直到全部台灣人都上了最方便的航線班機。他們熟悉飛機班次，熟悉機場如自家廚房，他們不允許自己矮人一截，其中有兩位根本還沒有目的國的簽證，準備到鄰國再想辦法。台灣的經濟奇蹟是這樣勇猛向前衝的朋友打拚出來的。相形之下，雲門九十天七十二城七十三場的歐洲之旅，又算得了什麼！

海外江湖行，想家，卻不記得台北市區的月亮長得什麼樣子。昏天暗地的工作結束，出了雲門，只見滿街「金字」招牌的霓虹，家家戶戶的電視劇「聯播」以及橫闖直衝的計程車。我從不畏懼那些「技術本位」的計程車駕駛先生。即使出了車

八○年代初，雲門主辦「藝術與生活聯展」，邀請藝術家和團隊往赴社區表演，展覽，演講。地方承辦單位負責基本開銷，居民免費參加 。三年間推出兩百多場活動。
這是1980年首屆聯展的海報。那年，朱銘的雕塑，劉塞雲的演唱，雲門的舞蹈，還有皮影戲，去到基隆、宜蘭、淡水、中和、板橋、桃園、新竹、清水、大甲等地／雲門基金會提供

禍，也不過給我一個理直氣壯不必工作的理由。何況，司機先生們大都能言善道，幾年來竟成為我純聊天的對象。他們告訴我油價的漲幅，小白菜的行情，理髮廳馬殺雞的真況，或者和我討論他的戀愛三角題，或者向我炫示新婚的幸福感，或者太太給他的苦楚；或一面聽莫札特，一面敍說神童的軼事，或者向我解說《易經》。「易經學會不讓我參加，因為少年貧赤，只有小學學歷，幹你娘，我就寫一篇論文給伊看。不讓我入會也給我進去了。」立委選舉時，他們更有許多記者們來不及撰寫的消息。我們交換意見，熱烈辯論。選前一週，我驚喜地發現，我和駕駛朋友們對候選人的看法相當一致。選舉「放榜」，我們喜歡的候選人雖未人人當選，可是我們痛恨的候選人一個也沒選上。這使我們又興奮地談論了好幾天。一個所謂的知識份子和計程車司機的「政見」可以如此相近，台灣怎麼會沒有希望？

也曾遇到一位灰白平頭的司機先生。咬著檳榔，聽著「就算你不再愛我，見面也該說 Hello」的流行歌。一行無言，臨下車，卻堅持不收車錢。我幾乎是被推下車的。「林先生，要更打拚，要替台灣人爭口氣！」是他的臨別贈言。站在口正當中的台北街頭，我舉步維艱。

這位先生不知道我大部分的時間都用在和自己的無力感奮鬥。一九八一年的春天，我滿心抗拒已經安排妥當的歐洲之旅。七九年美國旅行演出苦味猶存，我不願再面對舞者拋家棄子，每日一城咬牙演出的痛苦。我問為什麼一定要到歐洲美國去接受洋人的評價？非去不可，我還是找到一千個不肯去的理由，足夠讓自己在工作之後夜夜喝酒到凌晨，直至雙手冰冷，直至司機先生對我發話：「活真久了，由日人時代到今天。良心講，時代是真有進步，進步到要吃什有什，要玩什有什，享受哦！幸福哦！我們古早都不敢夢想底！不過啊，得要節制啊，稍稍忖量一下啊！」沉默片刻：「言多必失，失禮啊，對你這款有讀書底少年家……我們是活真久，看真多了，做人做事是要稍稍自制點啊！我孫那輩要享受，要幸福，通通要靠你們這輩少年家啊……」

颱風登陸的午夜，喝得踉蹌地上街找車。滂沱大雨中，等了許久才來一輛計程車，卻給一位削瘦的黑衫青年攔去。我趕上去，問清是順路的，一起上了車。也許掩飾自己的酒意，我開始攀談。是建築工人。退伍一年多。一個月可以賺一萬八九。如果加班，可以有兩萬三四。有問必答，很安靜，也很簡單。辛苦嗎？他詫異地扭過頭來：「什麼工作不辛苦？」

車子停了。他掏出錢來要給我。我說是順道，本來就是我該付的。他略略猶豫，「那就謝謝了！」他下車，點頭致意，轉身走向狂風暴雨的工寮，沒有奔跑

27. November 1981 Heft 91

Frankfurter Allgemeine Magazin

Schiffbruch! Verzweifelt wehren sich die Seefahrer dagegen, in der tobenden Flut zu versinken – so dramatisch sieht er aus, der Höhepunkt des Balletts „Die Überquerung des Schwarzen Wassers“. Mit solchen Szenen ist das chinesische Cloud Gate Dance Theatre berühmt und sein Choreograph Lin Hwai-min auf Taiwan populär geworden

《法蘭克福匯報週日雜誌》以封面專題介紹首度赴歐巡演的雲門舞集 1981／雲門基金會提供

……第二天，林懷民「改邪歸正」。

我懷念那風雨中行正走穩的黑衫青年，懷念許多擦肩而過的朋友。驚鴻一瞥，卻在心裡住了下來。我記住那些不知姓名的臉孔，記住他們的自信和生命力，在洩氣喪志的時候，拭亮他們的影像來喚醒自己，而重新找到面對現實的力量。在修訂《薪傳》的時候，我渴望表達出他們精神的萬分之一。《薪傳》裡的人物不是希臘羅馬英雄，而是植根台灣大地，為更好的明天打拚的凡人。

寫於《薪傳》二度演出前

原載一九八三年五月二十六日《中國時報》

輯二

《春之祭禮》傳奇

希臘是什麼顏色？

中國是土黃色的，埃及金黃，芬蘭是雪白的蘭花。戰國時代的人都穿著墨綠的衣裳，橫胸兩道寬大的黑邊，臉色近於鐵青，生氣地打仗——當然是銅器的緣故。在蠟臘不分的童騃年代，我覺得希臘是陽光下慢慢融入愛琴海的國家。後來我知道她不融不解，在烈日下永恆地閃著大理石白。及長，發現希臘雕像原來是著色的，雅典萬神廟跟南鯤鯓的廟宇一樣五顏六色，很是傷心。

書寫成了可以藏諸名山。文物在千年之後還有機會出土，只是在歲月的泥塵裡褪了顏色；即使破碎，也可以像歷史博物館的唐俑那樣，一片一片補起來。舞蹈卻瞬間即逝，在舞譜、電影——特別是錄影機——發明以前，舞蹈作品就靠代代相傳，在一場場演出裡存活，略有差失就在某一場幕落舞者汗水未乾前蒸發了。如果是齣名作——最好還有聳動的花絮配合，才會在後人繪聲繪影的十口相傳中成為一則傳說……

諸多傳說中，最神祕曲折的也許是湮滅七十四年，重新「出土」回魂的《春之祭禮》。找出你的錄音帶，要喬治．蕭提指揮芝加哥交響樂團的那卷，讓我告訴你《春之祭禮》的故事。

音樂在木管抒情沉緩的旋律中展開，陽光普照的大地慵懶地紓解了全身的肌肉……突然間，霹靂的轟然巨響，拳打腳踢，炸得人坐立不安。

「俄國的春天凶悍激烈，」史特拉汶斯基這麼說。鄰近極地的北國，「一小時裡，春天就到了，來勢洶洶，大地彷彿震裂。」一九一〇年，史特拉汶斯基即將完成《火鳥》，睡夢中看見一場莊嚴的原始祭典：長老們席地圍坐，看著一名少女跳舞，跳到力竭而死。他們把她做為祭牲，來安撫春之神。

許多民族都有活人祭神的例子。遠古希臘的酒神祭，人們把祭獻活活打死，碎屍萬段，血肉毛髮指甲埋到泥土，祈求眾神讓萬物豐收。史特拉汶斯基夢中的儀式是基督教未傳入之前斯拉夫民族的原始祭典。

十九世紀末，歐洲原始主義蔚然成風。尼采在《悲劇的誕生》裡，力陳酒神戴歐尼索士血性情感的高貴與必要。高更畫大溪地。盧梭畫原始森林。一九〇七年，畢卡索在馬蒂斯家晚餐，第一次看到非洲面具。他凝望了一夜，後來畫出立體派先聲的《亞維農的少女》。畢卡索說：「一幅畫不是許多細節的累積。對我而言，一幅畫是破壞的總和。」史特拉汶斯基以《春之祭禮》破壞巴赫以降西洋音樂的框框，現代主義的音樂由此而生。

如果不能活在唐代的長安，我希望住到二十世紀初的巴黎。

我願意隨俗地歪戴呢帽，如果可能，也養一把鬍子，坐在拉丁區咖啡座，和文學青年談論新世紀藝術家：普魯斯特，紀德，阿波里奈爾，喬艾斯，羅丹，畢卡索，馬蒂斯，莫迪里亞尼，德布西，拉威爾，沙特，鄧肯……為他們的新作爭辯得口沫四濺。可是，那個穿著細緻的年輕詩人高克多一到，話題就轉到帶領劇場風騷的狄亞基列夫和他的俄國芭蕾舞團。

俄羅斯芭蕾舞團一九〇九年到達巴黎，以燦爛的俄羅斯色彩和刺激感官的表演方式，讓紳士淑女逃避到幻想和夢境裡，復以大膽的創新手法使藝術家與知識青年趨之若鶩。高克多說這個舞團「把顏色揮灑在巴黎」。

俄羅斯芭蕾使巴黎舉城若狂。其中最讓巴黎人傾倒的是狄亞基列夫的愛人，首席舞星尼金斯基。

尼金斯基長得粗壯，為人靦腆寡言，上了台卻以敏銳的音樂感與投入的戲劇感化身為粗獷有力，或婉轉如繞指柔，使每個角色鮮明感人。最使人驚撼而崇拜的是他彈跳的舞技，不見準備動作就飛躍而升，在半空中彷彿停留了幾秒鐘。《玫瑰花魂》舞畢，巴黎仕女不顧身分湧向後台，要看看他的舞鞋是否有特別的機關。

一九一二年，尼金斯基在狄亞基列夫鼓勵下，首度編舞。

《牧神的午後》根據馬拉美的詩篇而作，描述夏日午後，山林女神出浴，牧神的出現使她們驚慌而逃，悵然的牧神只好用手淫，把熱情發洩在女神留下來的紗巾。這齣舞全長十二分鐘，卻用一百零五次的排練才完成編作。尼金斯基由希臘花瓶的繪像與埃及壁畫得到靈感，把所有的舞姿通通處理為平面的造型。尼金斯基必須用九十次排練來使芭蕾演員適應這些永遠呈現側臉與肩線的動作。配合了德布西柔美的音樂，《牧神的午後》呈現了一份詩情的美。

做為一個編舞者，尼金斯基摒棄了他所有的技術。然而從照片看來，他那些平面的姿勢裡，凝聚了隨時迸發的生命力，恰如其分地表達了牧神半人半羊的個性。

《牧神的午後》的首演，尼金斯基最後自慰的動作，引起觀眾中衛道之士的噓聲。狄亞基列夫立刻下令重演，尼金斯基把最後的動作予以含蓄的處理，才平息了觀眾。第二天報紙惡評交加，說這個作品毫無動人之處，是個徹底的失敗，而結尾更是侮辱觀眾的淫穢表演。

雕塑家羅丹挺身而出，投書報紙，讚美《牧神的午後》是劃時代的創作。他說，尼金斯基不僅是神乎其技的舞者，更是才華動人的編舞家：《牧神的午後》把動作減到最低，引發觀眾最豐富的想像，幕落之後，詩情的美感依然延續。

同年，三十歲的史特拉汶斯基寫出《春之祭禮》的鋼琴譜。翌年完成的交響樂，動用一百二十人的樂團，大量運用打擊樂，除了俄國民間音樂衍化的簡短曲調，幾乎沒有什麼旋律。一頁樂譜常有幾次調性的改變。小節短長不一，不像一般四四或四三拍，忽二忽三忽五七，少則一拍，多到三十五，而且重音隨時轉移，毫無規則可循。這首為原始祭禮舞劇而寫的樂曲果然是「原始音樂」，一團團相互傾軋的噪音，叫人無法適從。

狄亞基列夫與尼金斯基熱愛這個革命性的創作，對於如何將它轉化為舞步卻束手無策，轉向瑞士韻律專家戴爾克羅茲求助。戴爾克羅茲派了愛徒瑪麗．藍貝爾去協助尼金斯基解析樂曲，幫他數拍子。翌年一月，舞團在倫敦和蒙地卡羅開排《春之祭禮》。

尼金斯基根據俄國原始雕像的造型，設計了舞劇的基本姿勢：雙腳做內八字，膝蓋微屈，背脊彎駝。所有的動作通通由這個姿勢出發，包括旋轉和跳躍，包括跳到半空中時的體態，彷彿原始部落的人生來就長成那幅模樣。

芭蕾訓練的首要之務是要舞者把雙腳朝外開展成一字形。訓練成功時，外八字便成為舞者身體的自然特徵，尼金斯基卻要他們以內八字舞動，團員惡言交加，時時怠工。史特拉汶斯基對這位二十四歲的編舞新手充滿懷疑，生怕他毀了自己劃時代的音樂，因而不時嘀咕，不斷演講樂理，時時端坐排練室監督。尼金斯基選了自己的妹妹尼金斯卡擔任「獲選的處女」一角。排到一半，尼金斯卡懷孕了，只好中途換角。那是一場陣痛連連的掙扎，《春之祭禮》一共排練一百三十次，才算大功告成。

一九一三年五月二十九日，《春之祭禮》在巴黎香榭麗舍劇院首演。歪戴呢帽的文藝青年據滿樓座，以包廂裡的有閒階級為假想敵，決心進行前衛藝術的保衛戰。果然，幕未起，〈大地頌〉的序曲初啟，就有人嘖嘖抱怨，要求安靜的噓聲也跟著此起彼落。於是，年輕人和紳士淑女根據各自的美學觀展開一場混戰。

據說，有人向狄亞基列夫丟水果。據說，史特拉汶斯基嚇得逃到後台。據說，一名淑女拔起帽針撲向高克多。有人怒罵拉威爾：「混帳小猶太！」據說，「整個

一代舞神尼金斯基的時裝照／達志提供

尼金斯基扮演彼楚盧卡 一個任人操作的傀儡——彷彿是他自己「被擺弄被屈辱」命運的隱喻／達志提供

戲院像地震一樣。」觀眾的喧囂蓋過樂團的音樂，尼金斯基在翼幕邊站在一張椅子上用俄語高聲數拍子，直到結尾的〈處女之舞〉，混亂才告平息。

第二場演出，觀眾很安靜。《春之祭禮》在巴黎公演四場，又到倫敦演出四場。隨後舞團遠赴南美表演。旅途中，一名見習團員羅莫拉大力追求尼金斯基，船到阿根廷，兩人成婚。狄亞基列夫聞訊大怒，開除尼金斯基。尼金斯基一夜之間失去收入，失去舞台。兩度自組舞團失敗之後，一九一九年，步上兄長後塵，精神分裂，說自己是「上帝之子」，進出醫院接受電擊之類的治療。從此流落歐陸各國。

一九五〇年，一代舞神潦倒病逝倫敦小客棧。

「十年生長，十年學藝，十年演出，三十年的消蝕。」傳記家如此總結尼金斯基的一生。

我們只能從照片去認識尼金斯基。那是一種驚豔。脖子粗壯，小腿粗壯，個頭很小，那是尼金斯基。但是，尼金斯基有許多變貌。玫瑰花魂純然是中性，甚至是女性的嬌嫩。午後的牧神則全然是一隻充滿情慾的獸，當他蹲踞，大腿、股間的肌肉勃發著強烈的性的氣息。而彼楚虛卡的傀儡造型，是「被擺弄被屈辱」的原型，不幸也是尼金斯基一生的隱喻。天才與瘋狂一線之隔，這些不同個性的展示，會是精神分裂的先兆嗎？

一九二〇年，狄亞基列夫希望重排《春之祭禮》，團員的記憶拼不出一個完整的全貌，便責成馬辛重新編作。一九三〇年，馬辛在美國重排他的《春之祭禮》，起用瑪莎．葛蘭姆擔任「獲選的處女」。五十多年來，運用這首交響曲編作的《春之祭禮》至少有五十齣。瑪麗．魏格曼，莫里斯．貝嘉，保羅．泰勒，碧娜．鮑許，瑪莎．葛蘭姆這些名舞蹈家各有一個，連雲門舞集也有一個一九八四年的台灣版本。

本世紀初，現代主義藝術風起雲湧，《春之祭禮》適時成為它的象徵。首演翌年，歐戰爆發。三年後，俄國十月革命，成立蘇維埃無產階級政權。又隔十一年，第二次世界大戰登場。忽忽八〇年代，戰火仍在世界許多角落燃燒，人們為生態破壞、核戰威脅所焦苦。《春之祭禮》人與大地的互動，死亡與復生的循環，排山倒海的音樂，首演之夜的混戰，在在成為二十世紀人類命運的預言與隱喻。

尼金斯基奇特的生平，彗星閃逝的藝術生命，隨著歲月的流逝，滋長為一個龐大的傳奇。追述、探討尼金斯基、狄亞基列夫、俄羅斯芭蕾舞團的專書不斷出版，故事拍成傳記電影。史特拉汶斯基的音樂成為音樂會常見的曲目。尼金斯基的舞作則只有《牧神的午後》流傳後世。原始版本的《春之祭禮》是一齣革命性的舞作嗎？人們是否在傳奇的籠罩下高估了尼金斯基編舞的才華？

史特拉汶斯基晚年表示，在他看過的《春之祭禮》版本裡，尼金斯基的編作最為美好。史特拉汶斯基的追憶是否摻進了懷舊的情緒？如果舞劇重演，今天的觀眾是否還會被嚇一跳？這些問題都沒有答案。尼金斯基的《春之祭禮》成為舞蹈史上最引人猜議的謎題。

一九七一年，美國編舞家羅勃．傑弗瑞率舞團到加州柏克萊大學公演，結識嚮往狄亞基列夫時代的舞蹈系研究生蜜莉辛．侯森。傑弗瑞鼓勵她研究《春之祭禮》。侯森開始廣泛蒐集資料，到了七九年，她把《春之祭禮》當作博士論文的題目，決心偵破這樁公案。

《春之祭禮》沒有影片紀錄，照片只有三張，還是後台拍的定裝照。史特拉汶斯基的樂譜註有許多舞蹈的狀況。藍貝爾的那本記得更詳細，但原譜賣掉了，影本失蹤。團員的回憶、當年的藝術家、批評家、記者，乃至觀眾寫的文字資料很多，彼此的矛盾也很多。

侯森到倫敦拜訪藍貝爾，九十歲的老夫人傾其所知，還示範她所記得的一切動作。在倫敦「維多利亞與艾伯特博物館」（V&A Museum）劇場資料館裡，她找到一冊法國畫家華倫汀．葛蘿絲．雨果觀舞時繪作的蠟筆速寫。「動作幾乎是連貫的，」藍貝爾鑑定：「方位、隊形也沒錯。」就在侯森滿心喜悅閱讀畫冊的時候，館員抱進一堆衣服，把地下室掛得滿滿。《春之祭禮》四十六個舞者所穿的七十九件服裝大多收藏在那裡，而且保存得很好。遍訪「白頭宮女」之後，侯森開始掌握到舞劇的動作質地：內八字的立姿使重心下沉，有如亞洲武術的馬步，駝背弓肩，雙手貼身，使胸腹內縮。這個姿勢不只是一個姿態；它還左右了動力，讓精力流向地板，也是舞作精神的凝聚——原始部落以精力灌注大地，來進行祭典。

許多回憶錄顯示舞台設計師羅伊瑞區在創作時扮演了重要角色。他和史特拉汶斯基長談，合作完成音樂腳本，也不斷以他自己考古田野工作的繪作激發尼金斯基編舞的意念。一九八一年，侯森致函倫敦研究羅伊瑞區的專家肯尼斯．阿契爾，請教長串問題。兩人不時聯繫，見面討論，進而談起戀愛，在八二年結婚。從此夫妻聯手探索《春之祭禮》。

研究工作使侯森和阿契爾旅跡遍及三大洲。他們發現文獻上找不到斯拉夫民族活人祭的確切記載。也許羅伊瑞區把墨西哥的習俗移花接木，但他們也找到一篇音樂學者的論文，以譜例證實史特拉汶斯基的部分音樂的確有所本。像〈春之圈圈舞〉、〈大地之舞〉、〈祖宗的祭典動作〉的旋律都源於斯拉夫祭典的吟唱——而這些吟唱都有動作伴隨。

材料和問題愈來愈多，斟酌取捨費去許多時間。侯森進入「拼圖解謎」階段，她把圖像、文字、訪問的資料列表，根據音樂，一小節一小節地把舞蹈「物歸原位」，同時動手把動作、隊形、空間的種種變化以一幅幅的繪畫明細出來。

一九八四年，藍貝爾去世，她的助理清理遺物，找到那本失蹤的曲譜。有了藍貝爾這把鑰匙，侯森如虎添翼，一口氣把工作推展下去，夫妻倆把資料整理清楚，準備出版幾大冊圖文並茂的「追尋《春之祭禮》」專書。這時，羅勃．傑弗瑞找上門，要她把舞教給他的舞團。

一九八七年，林肯中心表演藝術圖書館召開國際性的《春之祭禮》研討會。同年九月三十日，失傳七十四年的《春之祭禮》，透過傑弗瑞芭蕾舞團年輕舞者的肢體，在洛杉磯音樂中心重現人間。又隔一個月，模斯．康寧漢，傑羅．羅賓斯，林肯．克恩斯丁等舞蹈界泰斗，和各國舞評家、舞蹈史學者雲集市中心劇院，觀賞紐約的首演。這回沒有人爭吵打架，幕落時，全體觀眾跳起來鼓掌致敬。

尼金斯基辭世三十九年後，我去看了《春之祭禮》。的確，像當年巴黎舞評家說的，那是一場「從顯微鏡看到的」「爆裂、繽紛的饗宴」。

幕起。〈大地頌〉的舞台景片：澄藍的天空托出崢嶸的青山，地板上一抹抹翠綠。一名「三百歲」老婦趴地附耳，彷彿傾聽大地脈動。必然是聽到了吉兆，她跳

《春之祭禮》首演季少女角色的造型 1913／達志提供

起來，發動了祭典。一組組年輕人，在她的引導下，合著強烈節拍跺足，揮手，喚醒大地。

長笛吹出民歌式的抒情旋律，一列少女手牽手列隊而出，踮著腳尖，一步一步點在音符上。少女踏青之後，青年演出模擬格鬥的舞蹈。忽然，少女擠聚一堆，嗦嗦抖顫，男子背起她們，彷如搶親。這些是大祭典中的小儀式，也許是用舞蹈來追憶——因此保存——部族歷史的片段。

音樂加快，男女分列對跳，隨後混為一個大隊伍，步伐整齊地繞著舞台跑圈圈。幾個旋轉，分為幾個小組，每個小組有自己的動作，自己的節奏，連手腳也都有不同的拍子，充分呼應音樂複雜的節奏。舞台畫面的繁複與不對稱，大概只有康寧漢用隨機手法編出的舞作差堪比擬。

一聲巨響，全體凝止。一位白髮長鬚的智者緩步入場，走到台心，顫顫蹲伏落地，延頸親吻大地。天地忽然變色，樂聲隆隆，全體舞者恍如中邪，拳打腳踢，往台心集中，轟然巨響下，整齊地把握拳的雙手摀到空中。

相形之下，題為〈祭獻〉的第二幕顯得樸實深沉，也更強而有力。夜色沉沉，少女們在上舞台，沿著地板上的圖案列隊繞圓，進行〈神祕圈圈舞〉。

一名少女一連兩次跌跤——大地選中她做新娘，把她絆倒，緊緊抓住她——

女伴驚惶四散，聚到她右後方發抖，卻又隨即和她劃清界線……

「獲選的處女」爬起來，左右盼顧一下，認命地站到圓圈中央。沒有歇斯底里的發作，沒有凜然就義的表示，只是心甘情願，要為部族的命運犧牲。她的篤定叫人不寒而慄。內八字，雙手垂落膝前，大眼睛朝前望。不管音樂如何吼叫，不管旁人在做什麼，她就是定定站住。

披著部落圖騰的連頭熊皮的「祖先」進場，單腳蹉土，雙手放到頭上，摸到耳朵，跳出熊舞。「祖先」率領眾人以弓箭步之姿，列隊走圓形路線，整齊一致地踩地聲超淩了音樂，刷！刷！刷！懾人的足音，使人以為聽到大地的脈動。

上舞台中央，她曲膝內八字地立著，眼睛直直朝前望。

眾人陸續出場，熊皮的「祖先」圍住她，席地坐下。一聲尖銳的高音，帶出滾動的鼓聲——時辰到了，她毫無醞釀地往上蹦跳。縮起雙足，雙手伸向天空，有如笨拙的小鳥。沒有別的動作，二三十回的蹦跳累積出撼人的張力。觀眾屏息，忽然聽不到音樂。突然間，她躺平了。幾頭「大熊」，好像要給她致命的一擊，瞬間把她抬向天空。落幕。

很神。我覺得很神很神。第一幕才華洋溢，精力四射，也許有一點節制，若不亦步亦趨緊跟音樂，會更加強烈有力。第二幕則絕對是千年萬代的經典之作。如果尼金斯基有機會修改……然則，那是一九一三年，他二十四歲時的作品……

尼金斯基捨棄芭蕾講究線條，推崇展技的觀念，以破碎的節奏，破碎的人形與畫面，為現代人造像——比美國和德國現代舞早了將近二十年。尼金斯基是鄧肯之後，落實現代舞觀念的第一人。隔了時光的距離，回頭返顧，《春之祭禮》仍是新鮮，辣烈，重重撞擊人心的鉅作。

原來，《春之祭禮》種種的傳說都是真的！

然而，驚喜過後，我突然有了一份沉重的失落感。

希臘是什麼顏色？

大理石白。

一九八九年十一月 紐約旅次

原載一九八九年十二月七日《中國時報》

鄧肯最後的旅程

「到莫斯科來。我們給妳一所學校，一千名孩子。妳可以放手實現妳的理想。」

「接受邀約。」伊莎朵拉．鄧肯明快電覆俄國政府：「七月一日由倫敦啟航。」

那是一九二一年。

「在去俄國的途中，我有一種超然的感覺……」鄧肯在自傳的尾章寫道：「馬克思和列寧的夢想，奇蹟般地在世界上創造出來了。我想像著，我可以穿一件紅色法蘭絨短外套，處身於衣飾同樣樸素，充滿兄弟愛的同志們之間。」

自傳的壓卷語是一聲歡呼：「永別了，過去！讓我歡呼新世界的來臨！」

那是鄧肯第四次的俄羅斯之旅。

一九〇五年一月六日，她首度赴俄，抵達聖彼得堡時，火車誤點十二個鐘頭，沒有人接她。清晨四點多，往赴旅館的路上，她看到一長隊黑衣的送葬行列，許多棺材，一個接一個。那是前一天「血腥星期日」受難的死者。沙皇政府命令，要在凌晨出殯，以免引發更大的事端。

鄧肯說，那送葬行列改變了她日後的作為，她發誓：「把自己以及所有的能力，貢獻給這些平民……我的藝術，如果對這種事沒有幫助，又有什麼用處呢？」

現代舞蹈與新女性的先行者，鄧肯是個龐大的傳奇。

鄧肯是加州人，出生不久，父母離婚，母親教授音樂維生。家境窮苦，鄧肯和她的兄姊以音樂和藝術滋養浪漫的靈魂，沒學過舞，卻開班教小孩跳舞貼補家用。一九〇〇年，全家搭乘運牛船移居倫敦，追尋藝術的夢想。鄧肯倘佯大英博物館，從古希臘雕像和花瓶的繪像得到靈感，赤足即興起舞。終其一生，她堅持她的舞蹈，不是矯揉造作的娛樂，而是與天地同呼吸的自然之舞，像古希臘祭神的舞。

她在自傳裡寫出這樣豪氣的句子：「我的舞蹈……是孩童向上攀援的跳躍，奔向未來的成功……一隻腳站在洛磯山的最高峰，雙手伸展到大西洋和太平洋，頭在白雲之間，額上璀璨著無數的星光。」

年輕時，鄧肯用蕭邦，李斯特，甚至約翰．史特勞斯的《藍色多瑙河》的音樂起舞。唱片問世前，除了上演奏廳，音樂就是家庭裡自彈自娛的鋼琴，小提琴，

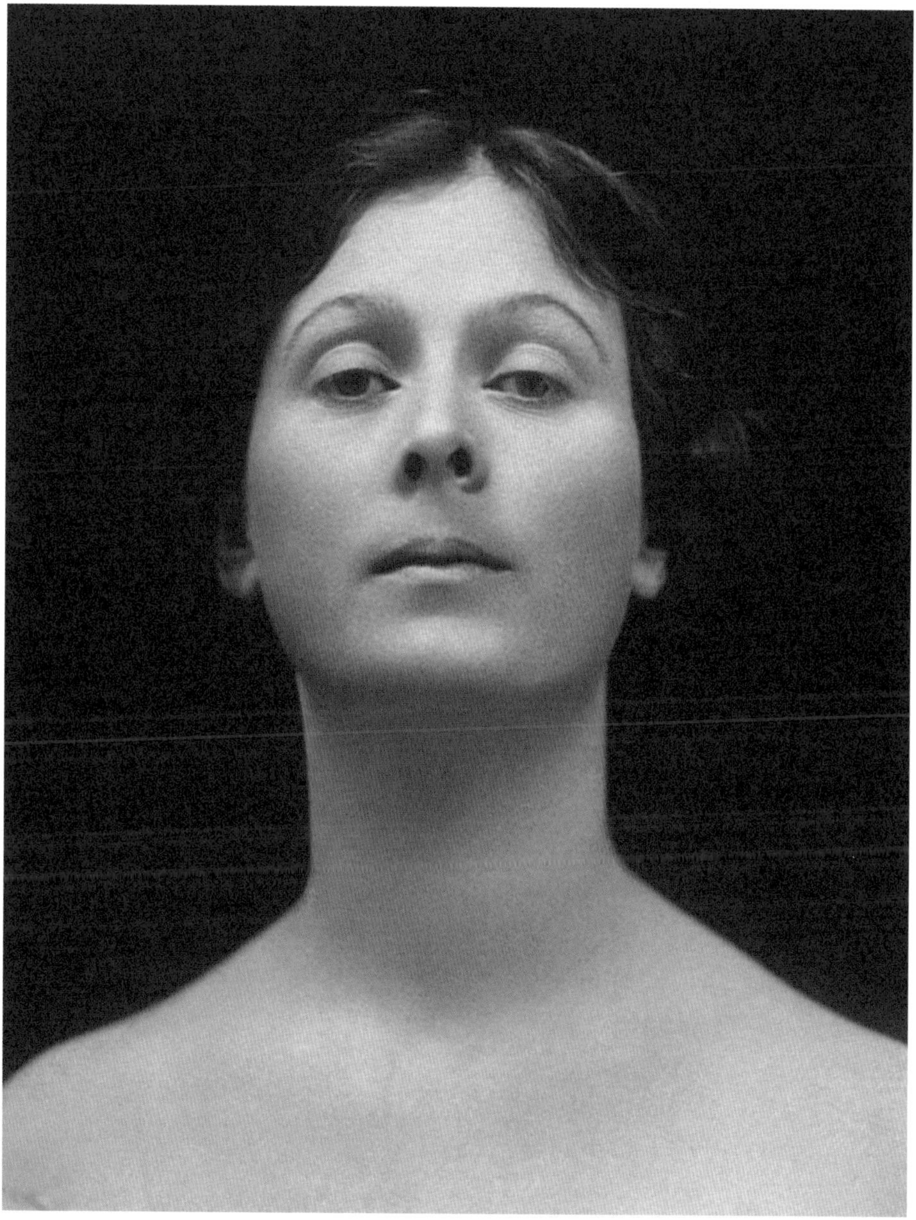

伊莎朵拉．鄧肯／達志提供

或重奏樂曲。蕭邦諸家是當時中上階級的「流行音樂」。音感絕佳的鄧肯，以薄紗輕衣的美女形象，巧妙詮釋這些耳熟能詳的音樂，恍如女神再世，觀眾喜出望外，為她瘋狂。短短幾年內，鄧肯走紅歐陸大城。熱情的年輕粉絲會在散場後，解去馬匹，拖著她的馬車遊街。

鄧肯健康有力的身軀，大步奔跑跳躍的舞姿，彷彿是新世紀的象徵。俄羅斯首演轟動一時，大導演史坦尼斯拉夫斯基為之震撼，藝術家與貴族名流爭相款待。鄧肯把舞者從芭蕾舞鞋和束胸馬甲解放出來。狄亞基列夫，佛金，帕芙洛娃，尼金斯基，受到鄧肯的感召，跳脫古典套路，創作出《垂死天鵝》、《春之祭禮》這些經典，帶給二十世紀的芭蕾舞深遠的影響。

一次大戰爆發，鄧肯披紅袍，裸右肩，舞出《馬賽曲》。「她雄壯的舞姿，就像巴黎凱旋門上的雄偉雕像。」巴黎首演之夜，德軍炮轟凡爾登。當她舞到「前進！前進！讓不純的血，浸滿我們的戰溝！」觀眾跳起來，淚流滿面地高唱這節疊句。

鄧肯把她在巴黎豪宅的舞校捐出來，充當傷兵醫療所，帶著學生們到美國及南美演出。她早期的作品唯美浪漫，是風，是浪，是波提切利的《春》。如今，她的節目除了蕭邦、布拉姆斯的華爾茲，也出現柴可夫斯基的《悲愴交響曲》和《馬賽曲》，呼籲世人支援歐戰，挽救歐洲文化的榮光。

十月革命成功消息傳來，她在紐約大都會歌劇院奮力舞畢《馬賽曲》，再以柴可夫斯基的《斯拉夫進行曲》舞出《農奴進行曲》：皮鞭下的農奴彎身駝背，逐漸挺腰，抬胸，掙脫枷鎖。

戰後，鄧肯積極尋找助力來重建舞校。美國人反應冷淡。法國文化部長一笑置之。希臘政府熱情贊助，鄧肯到雅典訓練千名女童，準備酒神祭中在露天古劇場演出貝多芬《第七交響曲》舞作。年輕的希臘國王被猴子咬了口，感染病毒猝逝，雅典陷入政爭，建校計畫煙消雲散。鄧肯回到歐洲，把一切的夢想投注在俄國，甚至在舞台上演講明志。

俄國駐倫敦商務代表向莫斯科請示。列寧排除眾議，決定邀請鄧肯赴俄。商務代表登門拜訪，洽商合同。

「同志之間簽合同？真是荒唐！」伊莎朵拉滔滔不絕：「我痛恨布爾喬亞的商業藝術。我痛恨現代劇場，那像妓院，不是藝術的神殿。礙於環境，我被迫賣票演出，一張五塊錢！我的舞是為大眾而創造的。我要為群眾、為工人而舞。他們需要我的藝術，卻沒錢來看我的舞。我要為他們免費演出。只要有舞蹈工作室，有房子住，有簡單的衣裳，簡單的食物，我就可以全力工作了。」

懷著這樣激烈而天真的夢想，鄧肯帶著養女門生厄瑪在一九二一年七月二十四號抵達莫斯科。沒有人來接她。新政府還亂騰騰的，根本沒進行鄧肯舞校的籌備工作。鄧肯連落腳的地方也沒有，幾經流徙，才把她們安頓在一個農舍。

歡迎會倒是有的。鄧肯用心地穿著《馬賽曲》的紅袍前往，卻發現那個地方充滿金銀傢俱，刺繡帷幕，穿著時髦的賓客飲酒歡語，有人彈著鋼琴，吟唱法文歌曲。鄧肯發表一段憤怒的演說，絕裾而去。然後，政府組織舞校籌備會，會員六十。十二月舞校成立，第一期學生五十人。

俄國行的高峰是幾場她夢想中的免費演出。俄國政府邀她在莫斯科波爾秀伊大劇院舉行的革命四週年晚會表演。《農奴進行曲》舞畢，列寧起立高呼「Bravo」。壓軸的〈國際共產歌〉把演出推到高潮，鄧肯獨舞之後，厄瑪和一大群紅衫小孩魚貫登場，填滿整個舞台……

在聖彼得堡馬林斯基劇院的演出，《悲愴交響曲》舞到一半，突然停電。舞台上很冷，祕書為她送上紅披肩，和一盞蠟燭小燈籠。鄧肯高舉燈籠，對觀眾說：「同志們，唱起你們的民謠吧。」觀眾合聲齊唱革命歌曲，舞台上紅衣的鄧肯淚流成行。電力恢復，劇場的水晶吊燈由昏黃而微紅，終於大放光明，在歌聲的結尾，

鄧肯演出《馬賽曲》／達志提供

鄧肯猛然揚開披肩，幕落。

鄧肯與厄瑪和蘇聯民眾一樣，按月領配給。因為是藝術家，比一般人領得多。鄧肯領到配給就挪出一大部分，分派舞校廚房與朋友，然後再和眾人一起捱過漫長的一個月。

鄧肯過得清苦而奮發。她用史克里亞賓的鋼琴曲，編出她畢生的傑作：激昂的《革命者》與深沉的《母親》。是獨舞，舞台上但見穿著棉袍的婦人牽引，呵護那看不見的孩子，溫暖，感人。到了最後一節音樂，婦人驚覺到一切只是幻象，凝在一個失落的坐姿，上身傾側，兩手伸向空蕩蕩的舞台，彷彿是得不到回聲的呼喚。觀眾泫然。在大戰、革命之後，鄧肯成為傷慟的母親的象徵。

好景不常，抵俄六個月後，政府改變政策，開放部分市場，給舞校的津貼也取消了，鄧肯只得巡迴公演，以票房盈餘來支持學校。然而，大部分的鄉鎮，鄉民付不出門票，要求免費觀賞。鄧肯一場又一場免費演出。吃飯可以到公共食堂解決，交通費卻成了問題。鄧肯困在小地方，苦候莫斯科匯款來解救她。

在那個孤苦無援的冬天，鄧肯愛上小她十五歲的俄國詩人葉賽寧。一九二二年五月，她打破反婚姻的原則，和他結婚。她的第一次，他是三度新郎。天才型的葉賽寧重燃她的活力，激發她的母性，也給她的生活帶來無盡的苦惱，包括金錢上的索求。

舞校的孩子經常挨餓，鄧肯遣送學生回家，只留下二十名，還是無法支持。到這時節，鄧肯仍不放棄舞校，卻也無計可施，便答應美國經紀人的邀約，重新進行「布爾喬亞的商業演出」。

一九二二年的美國行波濤起伏。首先，移民局以「有顛覆嫌疑」，把鄧肯和葉賽寧拘禁在艾利斯島，隔日才放行。報刊以共黨同路人稱呼鄧肯，使票房無法達到預期盛況。美國中南部的觀眾指責她露肩光腿的舞蹈是淫穢的演出。葉賽寧一路鬧事，毆打鄧肯，一天到晚買東西。離開美國時，鄧肯如來時一般，赤貧如洗，在法國困了幾個月，才借錢回到莫斯科。

回到俄國不久，鄧肯與葉賽寧分居。一九二五年，鄧肯再度赴歐，尋找舞校贊助人。葉賽寧移情別戀，在幾個女人之後，和托爾斯泰的孫女兒結婚。隨後，精神錯亂，進出醫院。那年除夕，鄧肯在法國接到惡耗：葉賽寧自殺，在他們新婚之夜棲宿的旅館裡上吊。

流落幾個大城之後，鄧肯在尼斯落腳，偶爾表演，維持生計，逢人便談她在俄國的舞校，要人贊助。她不斷寫信給留守莫斯科的厄瑪，求她寄學生們的照片給她，以利她的遊說工作。鄧肯一共收養了六位學生，給她們鄧肯的姓氏，帶著她們巡迴歐美。到了二〇年代，厄瑪是唯一留在她身邊的得力助手。然而，長期困守莫斯科，厄瑪覺得前途渺茫，便帶著學生組團巡迴，甚至遠行烏拉山區、西伯利亞，和中國。鄧肯的來信，她置之不理。

在她全盛時期，鄧肯是女神，羅丹稱她是人類藝術的代言人。如今，她只是個話柄。好奇的人士和記者往赴尼斯寓所，只是著眼於挖掘名女人私生活的內幕。為了錢，她撰寫自傳。出版社認為她寫得太藝術，要她多寫戀愛生活。巴黎的盛宴裡，一名庸俗的美國女人在席上指斥她是「紅色妓女」。滿座尷尬死寂中，鄧肯安靜地問侍者：「你們有甜點嗎？」

儘管如此，鄧肯依然寫信給厄瑪，暢述她對舞校的新計畫。在無數挫敗之後，只要有人來訪，她仍振作鼓舞，滔滔不絕地要人捐款贊助舞校。

一九二七年七月八日，為了解決財務困境，鄧肯在巴黎舉辦她最後一場表演。盛況如昔，觀眾依然歡呼，卻也無限唏噓。鄧肯代表的世紀初，大戰前的美好時光，如同她的青春，早已一去不返。

一九二七年九月十四日，鄧肯晚餐後，外出坐車兜風，她的長圍巾順風飄揚，纏進後輪的車軸。頸項斷裂，鄧肯當場死亡。享年五十歲。開車的義大利青年狂呼：「我殺死了聖母！我殺死了聖母！」

友人為她在巴黎舉行盛大葬禮。送殯行列經過市場，攤販和工人脫帽致敬，喃喃唸說：「可憐的伊莎朵拉！可憐的伊莎朵拉！」

回俄國，成為鄧肯未了的願望。然則，懷抱憧憬去世，未始不是件好事。鄧肯死後第二年，俄國政府關閉她的莫斯科舞校。史達林鞏固了政權，開始大整肅。和鄧肯一樣懷抱憧憬的紀德訪問蘇聯後，寫出《蘇聯歸來》，揭發俄共暴政的真相。六、七十年一瞬間，政治人物走馬燈似地上台下台，昨日的英雄可以一夜間被人發現原是凶魁。蘇聯可以一夜間成為歷史名詞。鄧肯如仍在世，會不會也加入俄羅斯群眾，高歌遊行，去把列寧的銅像拉下來？

鄧肯留下的舞作不多，但她特立獨行的人格和對舞蹈至高的憧憬，為舞蹈開啟了坦蕩大道。透過自傳的流傳，她敢做敢為的熱血性情也成為後人有力的感召。

「我以強烈的歡娛起舞。想起那些受壓迫、受戕害、為人道犧牲的人，我心怦然欲裂……」

熱情。關懷。勇氣。行動與堅持。

世紀末的字典裡，仍然可以有這樣的字眼吧。

原載一九九二年五月二十一日《聯合報》
二〇二二年二月　整理重寫

鄧肯與中國

「現代舞蹈之母」伊莎朵拉・鄧肯，在二十世紀初巡迴歐陸各國、美國、南美，乃至俄國舉行無數場的表演，以獨特熱情的舞蹈感動兩代的觀眾。我們閱讀她的自傳和圖像，遙想鄧肯當年的風采，激動，低迴。

一九九〇年在紐約，聽說長輩李秋生先生曾在大陸看過鄧肯演出，驚喜之餘，趕忙拜訪請教。

是一九二六年，民國十五年春天，地點是漢口。當時北伐軍初抵武漢，政策仍是聯俄容共，寧漢分裂尚未發生。演出戲院是漢口後城馬路的「血花世界」。原是百藝雜陳的遊藝場，北伐軍到了以後，改名「血花世界」，以添增革命氣息。其實，李先生說，除了牆壁增加一些革命標語之外，仍然百藝雜陳，連土俗治淫的花鼓戲也照常搬演，卻是漢口比較像樣的劇場，演過《中山先生倫敦蒙難記》。

李先生說，鄧肯舞團在「血花世界」演出十齣左右的短舞。有幾齣是象徵工人與農民勞動的作品。有一齣叫作《國民革命歌》。這首歌套用〈兩隻老虎〉的曲調，歌詞大概是：「打倒列強，除軍閥。國民革命成功，齊歌唱。」每一句要唱兩遍。那些俄國女孩用生硬的華語邊唱「打倒列強」邊起舞。最後鄧肯出場演出《馬賽曲》。

秋生先生記得，所有的舞者只披一件紅衫，光腳赤腿。她們的舞姿自然，素樸，不像芭蕾那樣著重兩腳的技巧，而是一種均衡，優美的動作，使人聯想到希臘雕像。追憶起來，她們是以簡單美好的動作，表現革命的熱情。

文獻沒有鄧肯訪華的紀錄。聽著聽著，我明白了：李先生看到的不是伊莎朵拉，而是厄瑪。鄧肯收養六位優秀的學生，給她們鄧肯的姓氏，扶養她們長大，帶著她們四處巡演。六個人也曾兩度在美國旅行表演，獲得好評。到了二〇年代，眾女離去，只剩厄瑪跟隨鄧肯遠赴俄國，興辦莫斯科鄧肯舞校。一九二五、二六年間，鄧肯赴歐籌款，厄瑪帶領學生巡迴，最遠的地方就是中國。她們去過東三省。李先生記得她們去過廣州。也許也到過上海，他不肯定。

《馬賽曲》是鄧肯名作，厄瑪自然也會。鄧肯確曾為孩子們編過一些革命歌曲的舞蹈。至於工農舞蹈是誰的作品，待考。不過，厄瑪在她回憶錄裡提到帶學生去鋼鐵工廠考察工人工作的動作。

厄瑪最後定居美國，早已過世。另一位鄧肯門人德麗莎到一九八三年還登台表演，一九八八年才以九十高齡去世。她們都開班授徒，組織小舞團演出。

四五〇年代，現代舞界認為鄧肯的舞蹈過時。五〇年代美國清共，曾經長居俄國的鄧肯不是受歡迎的名字。六〇年代，嬉皮文化，民權運動，婦女運動蔚為潮流。眾人想起崇尚自然的伊莎朵拉。女性主義者當街焚燒胸罩時，也記起不戴胸罩，赤足起舞的伊莎朵拉。鄧肯成為新女性的象徵人物。鄧肯的作品在德麗莎這些白頭門人的指導下，重新還原為血肉的舞步。

在紐約，巧遇厄瑪的門生朱麗亞．雷文，向她問起厄瑪的中國行。她沒參加到漢口演出那一團，卻很興奮地說，八〇年代大陸開放後，她首度到中國，看到小女孩結紅巾拿著紙花跳舞的樣子，完全是她們小時候演出的翻版。舞台上紅旗招展的場面也十分的鄧肯。

我問雷文女士，鄧肯拆除芭蕾舞劇的繁重布景，只用藍色天幕，是什麼樣的藍？她說，是淺藍，絲的。她年少跟厄瑪表演時用的天幕是中國政府送給厄瑪的禮物。那麼，很可能就是平劇舞台上水藍的守舊了。

厄瑪訪華時，法國報紙報導，一對名叫包羅廷的俄國夫婦在中國被捕。他們自稱女兒參加厄瑪舞團，因此前往探視，中國政府以間諜嫌疑加以逮捕。鄧肯讀到這則消息，怒不可遏，立刻拜會中國駐法大使，請他救人。

她的鋼琴伴奏樂師在回憶錄裡提到，鄧肯焦急而緊張，生怕說錯話。到了大使館，大使親切接見，傾聽她滔滔指控，求情。讓她說夠了以後，大使才婉轉地說：「請容我說幾句話，鄧肯女士，妳是一個不同尋常的非凡人物。我不只是說舞台表演時的妳。沒有人長得像妳這麼漂亮，走得像妳這麼美好。妳的聲音充滿韻律，令人難忘。妳是和諧與優美的化身。至於政治……」他搖搖頭。「妳不該讓政治汙染妳美麗的手，那麼……容我邀妳和我女兒共進午茶好嗎？」

大使剛說完，邊門敞開，大使千金穿著旗袍笑盈盈待客。這位小姐長得美麗，說著一口完美的法文。鄧肯完全著了迷。兩位女士聊得盡興，分手時互相擁抱親吻，還流淚，鄧肯已經忘了自己的來意。

回家的路上，鋼琴伴奏轉告大使的話：「鄧肯女士回到家時，一封電報已在往中國途中，為包羅廷夫婦請命。」

「唉，這些中國人……」

伊莎朵拉女士開心地嘆息了。

原載一九九二年五月《中國時報》

註：民國十五年，中國未派大使駐法，全權公使是陳籙。「大使」之稱，應為回憶錄作者誤植。

永遠的瑪莎．葛蘭姆

知道葛蘭姆和舞團即將來台的消息，我興奮得一夜不眠，心頭直冒汗。想起紐約，我總要冒汗。旅美三年，七訪紐約。鋼筋水泥的大峽谷，春秋難得駐足。從林肯中心看完巴蘭欽紐約市立芭蕾舞團，走過幾十個街口，踏雪回家的經驗不是沒有。然而，紐約於我恆是盛夏。也許因為去了總是跳舞。上課不到五分鐘，汗水就嗒嗒落在地板上。也許因為地下鐵總是擠。在Lexington Avenue與五十九街下了車，跳過一道道階梯，穿過車水馬龍的Lexington Avenue，衝鋒地趕到東城六十三街那幢陳舊的磚樓。總是趕著，總是怕遲到。

趕到鐵門前，沒聽到伴奏的鋼琴，吁口氣，按鈴。從欄柵望進去，院子裡有尊石佛，來自中國，或者日本。推門入室，廊道上有老屋的陰涼。陰暗的角落，立著類似豎琴的現代雕塑——舞劇《茱迪絲傳奇》（*Legend of Judith*）的道具。舞者貓般地往來。上課時，琴聲加上教師的叱喝，聽來也極其遙遠。秋暮天長地久的悄寂和肅穆籠罩著瑪莎．葛蘭姆現代舞蹈學校。

那是一九七二年。七十八歲的瑪莎被迫退休，三十多年歷史的葛蘭姆舞團瀕臨解體。酒瓶與醫院之間，瑪莎掙扎於死亡邊緣。學校裡絕無她的蹤影。

然而她無時不在。老師們叫著，縮腹時，身體不許往下掉；有人認為可以往下掉，那是他們的事——瑪莎說不可以！資深團員天寶舊事地追憶，瑪莎如何以三組縮腹動作，橫越整個舞台。落雨的日子，小教室地板吸飽了水，寸步難移。課照上不誤。老師說，這樣濕澀的地板，對赤足的現代舞者是最好的磨練。「瑪莎說，舞者要有一雙農夫的腳。」

瑪莎，瑪莎，瑪莎無所不在。走在燈光不足的廊道，我覺得她隨時會在拐角處閃身現影，一份奇妙的渴望與威脅。幾乎每一個出入學校的舞者，都有這樣近於虔誠的心情。我們知道，去那裡不是做體操，不是學一種技藝，甚至不是跳舞，而是去接受磨練與規律，如面壁，如參禪。

將近六十年的舞蹈生涯，瑪莎．葛蘭姆以決心，努力和才氣，為自己樹立了一尊神像。

一八九四年五月十一日，瑪莎．葛蘭姆出生於麻州亞列芬尼，父親是個精神科醫生。與匹茲堡一水之隔的亞列芬尼是個充滿清教徒氣息的保守城鎮。工作是鎮民生活的全部。時髦的俱樂部、祕密社團絕不存在。宗教活動占去了大部分的消閒時間。學校教育強調規律與德性。

在家裡，葛蘭姆醫生雙管齊下，以宗教和心理學常識管教小孩。瑪莎姊妹三人不許單獨上街。星期日是安息日，不許奔跑嬉戲；早晨上過主日學，晚上還得再上教堂。有一回，他告訴瑪莎，從她的舉止，他知道她撒謊。這樣的環境下，幼年的瑪莎在書堆裡找到一個自得的天地。

「我的鄉人是嚴謹的宗教家。」葛蘭姆於日後追憶：「他們覺得跳舞是罪惡。他們不贊成任何世俗的享樂。我的家庭教養使我畏懼娛樂與享受。幸而，我們搬到加州的聖塔芭芭拉……」

聖塔芭芭拉與亞列芬尼是兩個極端。亞熱帶的氣候，西班牙文化的薰陶，陽光下洋溢著自由溫暖的氣氛。十四歲的瑪莎進了中學，當籃球隊長，擔任校刊編輯。多年之後，她的英文老師看到她的舞蹈表演，依然惋惜一個作家的夭折。入境隨俗，父親允許瑪莎在學校演劇，甚至帶她去看聖．丹尼絲的舞蹈表演。

露絲．聖．丹尼絲原是歌舞劇團的小舞手。一幅香菸廣告上的埃及女神像改變了她一生。嚮往女神的服飾、姿態，以及那分神祕感，聖．丹尼絲編出一套「埃及舞」，開始獨立的舞蹈生涯。她的作品大都取材於東方。遙遠的東方音樂，加上精心設計的服裝布景與動人的台風，聖．丹尼絲以神祕女神的形象風靡了二十世紀初期的美國。

正如埃及女神畫像之於聖．丹尼絲，舞台上的聖．丹尼絲吸引了十七歲的瑪莎．葛蘭姆。終其一生，葛蘭姆將步聖．丹尼絲後塵，走上舞台，走進歷史。

成為職業舞者的心願，等到葛蘭姆醫生去世後，才得實現。一九一六年夏天，瑪莎敲響了聖．丹尼絲和鐵雄夫婦合辦的丹尼雄舞蹈學校的大門。二十二歲，不漂亮，沒有舞蹈基礎，又稍微發胖，除了決心，簡直一無可取。聖．丹尼絲立刻表明她對瑪莎無能為力。但是，鐵雄從一支西班牙舞的練習，發覺這位沉默寡言的女孩性格獨特，性情強烈，而悉心教導。決心加上努力，瑪莎很快成為助教，教師，丹尼雄舞團的舞者。

歷史淺短的美國文化，只有印地安人的土風舞與民間的方塊舞，歐洲輸入的古典芭蕾是唯一的正統舞蹈藝術。與聖．丹尼絲同時代的加州女子伊莎朵拉．鄧肯認為芭蕾技巧過於機械化，除了炫示技巧，整個形式與內容都無法表達深刻的感受。

她由西方文化的根源——古希臘——吸收靈感，脫棄鞋子，披上袍子，隨心所欲地舞出對生命與大自然的禮讚。鄧肯的舞蹈雖然在歐洲成熟，對美國現代舞運動卻有不可抹滅的啟發作用。

鄧肯的飄逸與聖．丹尼絲的東方情調都是十九世紀浪漫主義的產物。隨著高樓大廈的崛起，一次大戰的爆發，二十世紀的生活與思想有了巨大的變動。敏感的藝術家立刻創造新的形式，反映新時代給予他們的苦悶與衝突。

鄧肯與聖．丹尼絲歌頌人生美善的一面，自然無可厚非。可是，人生中渴望提升的掙扎與痛苦也一樣值得重視。聖．丹尼絲的成就固然提高了舞者的地位，她的作品依然是娛樂性的。年輕一代的舞者，要求舞蹈和文學，音樂，美術一樣，具有嚴肅而震撼的力量。

受了聖．丹尼絲感召，鐵雄教導的葛蘭姆質疑的結論是——離開工作七年的舞團，到紐約闖天下。為了生活，她首先在格林威治村的歌舞團，演出丹尼雄異國情調的舞蹈。兩年之後，應聘前往羅徹斯特一家舞蹈戲劇學校擔任教職。一九二六年，三十二歲的瑪莎在紐約舉行第一次作品發表會。葛蘭姆的榜樣促使了杜麗絲．韓福瑞與查爾斯．魏德曼叛離丹尼雄。美國現代舞運動從此開始。

鄧肯沒留下任何技巧。丹尼雄學校教授芭蕾與各國民族舞，也沒發展出一套新的技巧。新一代的舞者，要創新就得從動作本身開始。對葛蘭姆而言，丹尼雄式的華美服飾，膚淺的情節通通必須拋棄，動作必須強韌獨立地擔任表達的責任。

「美國文化的特色，不是象徵，不是繁複的劇場效果，而是旺盛的精神與活力……一隻舉到半空中的手不代表一棵樹或任何東西。把手舉到半空中，只是動作與線條本身的美。如此而已。」

摸索純淨有力的表達方式，葛蘭姆不厭其煩地以自己和學生的肢體做試驗品。她在課堂上發展動作語彙，在作品中試驗它的效果。如果研究的重點是跳躍，那陣的公演中就有一大堆跳躍動作。

基於對芭蕾，對聖．丹尼絲一代柔順風格的反動，葛蘭姆的舞者，勾腳赤足，動作乾脆，線條強硬。芭蕾的跳躍輕盈如翔，葛蘭姆的跳躍則是笨重的，明顯地表示對地心引力的抗拒，地板動作倒有一大堆。企圖表達內心撞擊，舞者以腳擊地。因為窮，因為要求簡樸，布景只是一塊黑幕，舞衣也清一色的深黑長裙。

這種直接有力的風格，固然引起敏感之士的新鮮感與好奇心，一般人對葛蘭姆早期作品的反應卻是「醜陋」。三〇年代，現代舞飽受非議，瑪莎首當其衝。

擺脫丹尼雄的影響費去六年的時間。一九二九年，瑪莎以《異端》(*Heretic*)一舞，為自己與現代舞寫下獨立宣言。她自己扮演異教徒似的局外人，企圖衝進一群舞者合成的巨牆似的集團。局外人鍥而不捨的衝刺與奮鬥，在群舞者排斥性的砰砰跺地聲中，再三失敗而崩潰。

《異端》幾乎是當時現代舞不被接受的縮影。不同的是，瑪莎拒絕崩潰，繼續執著於她的創作。「我不曾選擇舞蹈做我的職業，是這門行業選擇了我。就這樣，舞蹈成為我的生命。」

四面楚歌中，一群熱心的學生是她的戰友。白天上班，以薪水支付生活與學費，晚上通通用在練舞。嚴以律己的瑪莎，要求學生付出同等的專一。「你必須奉獻一切，否則別當舞者。」花九個月準備一場表演是家常便飯。聖誕節練到午夜的情形持續數年，直到一些團員的丈夫聯合起來提出抗議。

除了忠誠的學生，音樂家路易斯·霍斯特是她最有力的夥伴。霍斯特原是丹尼雄的音樂指導，瑪莎到紐約自立門戶，開班授舞後，他前來助陣，擔任音樂指導，並創辦雜誌《舞蹈鑑賞者》鼓吹現代舞運動。

路易斯·霍斯特喜歡說，每個藝術家是蔓藤，需要依附一道牆。他是瑪莎的牆。他深信她的才華，支持她，安慰她，鼓勵她，也鞭策她。晚年的葛蘭姆吐露，

瑪莎・葛蘭姆演出《給世界的信》1940／Barbara Morgan 攝影 達志提供

是霍斯特協助她培養自律的功夫。每逢她「想出去吃冰淇淋或去看電影」，路易斯總把她關在練舞所，要她工作。

近十年的時光，幾十齣作品，無數的汗水與挫折，瑪莎・葛蘭姆發展出一套以「縮腹」與「伸展」為基礎的技巧。人體吸氣時伸展，吐氣時縮落。瑪莎強化這種狀態，吐氣時急遽縮腹，吸氣時拉平腹部，伸展脊椎。這項原理的延伸，導致無數仆倒與起立的動作；人受地心引力而潰落，掙扎著又站了起來。伸縮之間肢體產生的張力，仆落與起立的強烈對比，造成扣人心弦的戲劇效果。

隨著技巧的成熟，葛蘭姆的舞蹈由個人的抒情述志，逐漸轉移到美國民族素材的探討。《原始的神祕》（*Primitive Mysteries*）根據印地安人的民俗，以祭典式的風格追詢生命的神祕。《美國文獻》（*American Document*）敍述美國開國的歷史。《給世界的信》（*Letter to the World*）刻畫女詩人愛蜜莉・狄瑾遜如何在孤獨中寫下傳世的文學。描寫一對移民時代新婚夫婦的喜悅與憧憬，《阿帕拉契之春》（*Appalachian Spring*）是這一系列嘗試的代表作。

清教徒的文化背景，貫穿在葛蘭姆早期作品裡。作為現代舞拓荒者，瑪莎堅毅地求其藝術的超越，舞台上黑衣素裙，不苟言笑，儼然一副清教徒的姿態。經過長時期的奮鬥，她的創作更加圓熟。耳濡目染的結果，加上舞評家約翰・馬丁的詮釋，觀眾由好奇、接受而衷心讚賞。一位批評家這樣寫道：「赴葛蘭姆的公演，不是去享樂，而是接受心靈的震撼。」

革命時代已過，一九三五年的《新境》（*Frontier*）宣示著另一個時期的開端。舞台上有了道具！美籍日人雕塑家野口勇設計了一座象徵式的欄柵擺在台中央，兩道繩索由欄柵V字形地向半空中延伸，暗示無限的空間。幕啟時，瑪莎單足而立，另一隻腳跨在欄柵上，頭部微側，望向遠方——臉上帶著微笑！音樂開始，她以一連串小動作占據一大塊空間，回到欄柵，向前瞻。然後以大動作，以跳躍，勇猛地往前拓展更大的空間。

《新境》不只寫出西部拓荒時代女性的心境，也道出葛蘭姆個人與現代舞運動的初步成功。舞蹈結束時，瑪莎又回到欄柵凝立，向前瞻望——瞻望充滿曙光的未來，瞻望一種嶄新的戲劇形式。

瑪莎早期的作品採用巴赫，德布西，法拉，布拉姆斯這些音樂家的名作。霍斯特介入後，自己為她寫曲，並介紹其他音樂家與她合作。這些作曲家包括柯普蘭，Norman Dello Joio, William Schuman, Hunter Johnson。一九三三年起，瑪莎不再採用現成音樂編舞，所有的曲子都根據舞蹈需要而譜寫。以《新境》為濫觴，布景

瑪莎．葛蘭姆演出《克萊田涅斯查》1965／Jack Mitchell ／Archive Photos 經由 Getty Images 提供

與道具——一些簡單樸素而奇形怪狀的現代雕塑——開始在葛蘭姆的舞台出現。她把東方戲劇中道具的象徵性發揮得淋漓盡致。在舞服上，她同樣堅持簡樸的原則。「最好的服裝，應該好看，而便於行動。」她自己設計服裝，親自縫製。演出前夜，經常通宵修改舞服。

一九四〇年代之後，瑪莎慢工出細活，每年推出一兩個大型舞蹈，並開始把自己的作品稱為戲劇。

與作品規模的壯大並進的是她的視野與關照。由個人而民族，瑪莎進一步地利用希臘神話的素材，闡述她對人生的看法。舞劇中的人物情節雖然源於希臘悲劇或文學經典，表現的意念卻不囿於一時一地，而是超越時空地剖析亙古以來的人性。《心靈洞穴》（*Cave of the Heart*）以米蒂亞的報復為本，探討毀滅性的妒嫉與人性的黑暗面。《夜旅》（*Night Journey*）透過伊底帕斯戀母弒父的傳說，描寫命運與迷惘。宿命的主題貫穿這齣作品。

長達兩個半小時的《克萊田涅斯查》（*Clytemnestra*）是葛蘭姆的希臘悲劇系列中最龐大的創作。偷情弒夫而為兒子殺死的克萊田涅斯查，在死亡的國度不得安息。葛蘭姆透過一連串的倒敘，呈現克萊田涅斯查的回憶：特洛伊城陷落，丈夫以女兒祭神，埋下她憎恨的種子與婚外情，親手謀殺丈夫。恩怨交纏導致家破人亡。克萊田涅斯查的亡魂，最後領悟到，唯有透過懺悔的告白才得以平息。

葛蘭姆後半期的作品，經常有這類追憶過往，掙扎於規律與激情之間的女主角。嚴謹的家庭教養和奔放的熱情的衝突恆是她創作的原動力。

葛蘭姆技巧的關鍵是小腹的壓縮與伸弛。隨著呼吸的潮汐，舞者動作時肉體充滿痙攣似的快感。基本上，它根植於人類激情的本能。她說過：「慾望是美好的，所有的舞蹈因它而生。」

年輕的瑪莎教課排舞外，天天練習四小時，並堅持如果十分鐘內無法做一百四十次小跳，根本不宜登台。透過舞動，熱情才得以抒發。然而，工作不可能是生活的全部。瑪莎的一生，正如她的技巧，隨著激情而起落。霍斯特對她忠心耿耿，她卻在五十四歲那年與三十九歲的團員艾力克·霍金斯結婚。這場婚姻不歡而散。瑪莎寄情工作，規律與激情衝突所帶來的罪孽感，唯有經過創作的告白才能洗滌。

到了五〇年代，瑪莎·葛蘭姆已成二十世紀舞蹈的傳奇人物。她把現代舞從小禮堂帶到百老匯的大戲院。她是第一個得到古根漢獎金，第一個應邀到白宮表演的舞蹈家。葛蘭姆舞團是第一個在國務院支持下，代表美國到國外公演的舞蹈團體。各大學與藝術團體的名譽學位潮湧而來。

跟著聲譽的提高，責任加重了，親友卻逐漸凋零。艾力克辭她而去，路易斯亡故。由於葛蘭姆始終堅守主角的地位，作品多以自己為中心編作，有創造力的團員因無法晉升，紛紛自組舞團。最後，她唯一可恃的只有自律自助。終其一生，葛蘭姆堅持《異端》中的角色，以自我意志面對全世界。當年齡剝奪了肉體的活力，瑪莎求助於威士忌與心理分析，繼續走下去。

「瑪莎，妳不是女神，妳要認命。」心理分析家這樣勸道。

「那很難，如果妳認為妳是女神，而且一向處事如神。」葛蘭姆如是回答。

然而，歲月不饒人。七十高齡的瑪莎場場演出，昔日雄風不復可見。由於體力衰退，瑪莎無法勝任過去作品中技巧繁重的角色，又不肯讓他人取代，這些傑作便慘遭淘汰，演出的新作啞劇成分重於舞蹈。批評家畏於她的聲望，敢怒不敢言，只好抱怨：「評述葛蘭姆的表演如同評述大峽谷。」觀眾可是現實的，葛蘭姆舞團的票房一落千丈。

幾季虧損之後，為舞團前程著想，團員與後援會終於在一九六九年逼迫七十六歲的瑪莎退休。《紐約時報》發表她退休的消息。葛蘭姆隨即否認。「要退休時，我自己會知道，不必報紙告訴我。」

話雖如此，健康狀況逼使瑪莎絕足舞台與教室。頓失龍頭的舞團也逐漸凋零，有些舞評家開始蓋棺論定。

一九七二年，葛蘭姆「失蹤」兩年，舞團名存實亡。年輕一代的舞者與觀眾，但聞葛蘭姆之名而無緣親睹她的作品。碩果僅存的資深團員瑪莎．銀克生與貝純．羅斯，為保存葛蘭姆的作品，破天荒招考新團員，在學校演出瑪莎的舊作。

批評家一致認為，事實證明，葛蘭姆的作品沒有她本人演出依然堅實如故。在葛蘭姆舞校排練教室，我看到一九五五年作品《天使的對談》（*Diversion of Angels*）。聖女貞德在升天的剎那，透過與她的守護神——聖．米契爾的對談，回顧她如何聆聽命運的呼喚，由村女變為戰士，完成自我而升為聖女。

從百老匯退回學校，場面是淒涼的。黑布取代了原來華麗的金屬道具，服裝是深黑的練習服。然而，舞蹈本身強悍有力，熟習的基本動作，透過葛蘭姆的組織，突然化為原始而精確的語言，一句句如濤如雷地震撼人心。十分鐘後，我發覺自己已經熱淚盈眶。環顧左右，不少人也泫然欲泣。

走出學校，坐著無人的深夜地下火車，我不能自已地一路啜泣回家。我不知舞蹈可以如此有力，如此動人。如果窮盡一生可以透過動作說出幾句清楚的話，余願足矣。瑪莎聆聽了她命運的呼喚。我應該傾聽前人的足音。

然則，葛蘭姆是啟示也是符咒。銀克生，羅斯，以及長期浸淫在葛蘭姆技巧與作品中的老團員，最後只成為她技巧的傳缽人，無法在創作上有引人注目的成績。紐約充滿了無數編舞家震耳欲聾的美國口音，而我只是個遠離自己土地的異鄉客……那年夏天，我回到台灣。

那年冬天，杜麗絲．韓福瑞最有成就的門人荷西．李蒙去世。聖．丹尼絲、鐵雄、韓福瑞早已作古。他們沒有留下有系統的技巧，大部分作品隨著時光流失湮沒。現代舞拓荒者，除了魏德曼依然惶惶地企圖建立自我，葛蘭姆是唯一倖存的里程碑。

如果地心引力象徵著一種極限，葛蘭姆技巧的地板動作，不是臣服，而是再度奮起的準備。一九七三年春天，如「失蹤」那樣突然，七十九歲的葛蘭姆召集了記者，宣布兩週長的公演計畫。「一個藝術家必須死而復活。我剛剛通過一段死亡的歷程，重獲新生。」她訓練年輕的團員，重排舊舞，並且編出兩齣新舞，其中之一她首次採用電子音樂。

過去一年裡。葛蘭姆繁忙如故。她改變了一向的詭祕作風，主動地撰寫回憶錄，協助專家以舞譜和電影記下她的作品。

半世紀的努力，瑪莎．葛蘭姆編出一百五十五齣舞蹈，留下一套影響全球舞蹈界的技巧。西洋舞蹈史中，個人獨力做如此龐大的貢獻是空前的。

重要的現代舞編作家，如模斯．康寧漢，保羅．泰勒，安娜．蘇珂夫以及艾力克．霍金斯，乃至七〇年代新興的前衛舞者，十之八九皆出自葛蘭姆舞團或學校。透過成千的葛蘭姆舞者，她的技巧與風格遍及全球，流行所及，連芭蕾的面貌也為之改觀。

因為她與音樂家的長期合作，美國音樂協會頒給她桂冠獎。時裝界指出她在舞服設計的構想影響了時裝的觀念。戲劇界稱她為本世紀最了不起的女演員之一。珍妮華德，蓓蒂．黛維絲，葛萊哥雷．畢克，卡露．貝克以及許多演員都曾是她的學生。劇作家認為她的舞蹈是「當代最偉大的詩劇」。

由於她歷久不衰的影響力，批評家將屹立三代的瑪莎．葛蘭姆與畢卡索、史特拉汶斯基相提並論。

今年春天，葛蘭姆舞團在紐約三週。初演之夜，葛蘭姆坐在台上發表演說，介紹她的技巧與創作觀念。當她出現，全場觀眾起立鼓掌喝采。

八十一歲的瑪莎．葛蘭姆靜立答禮，宛如一尊永遠的神像。

二十世紀的神祇不經誥封，而是服從意志，執著奮鬥的自我完成。

瑪莎．葛蘭姆與舞團訪華，除了提供我們罕有的心靈經驗，最大的意義應該是這份精神的啟示。

一九七四年夏為瑪莎．葛蘭姆舞團首度訪台而寫

後來

葛蘭姆抵台那天晚上，主辦演出的遠東音樂社創辦人張繼高先生在圓山大飯店設宴為她洗塵，邀請葉公超先生和我作陪。

我們坐在大廳閒聊，忽見葛蘭姆從紅毯大階梯一步一步緩緩走下來，像女王。滿頭銀髮的公超先生趨前迎迓，親她的手背，說：「瑪莎，打從格林威治村看你的演出，好多年過去了！」葛蘭姆像小女孩那樣呼叫一聲。

那是半世紀前的事了。一九二〇年代，公超先生留美，是大詩人羅伯．佛洛斯

特的學生。葛蘭姆怎麼也沒想到在遙遠的台灣竟有人看過她初到紐約時的表演，驚喜萬分。

那是我第一次見到葛蘭姆。飯局翌日，瑪莎請美國大使邀我擔任她在國父紀念館首演夜演講的即席翻譯。這是艱難的挑戰，我百辭不得，只好硬著頭皮答應。幕起前，繼高先生在後台跟我說：「杜威到中國，胡適之翻譯。泰戈爾到中國，徐志摩翻譯。今天葛蘭姆的演講由你翻譯。」我嚇出一身冷汗。

旅台其間，葛蘭姆破例到雲門排練場參觀，對我和舞者鼓勵有加，也對媒體稱讚這個年輕舞團，希望社會關心，支持。離去前，在松山機場，瑪莎掏出沒用完的台幣塞給我。「Keep it for a rainy day,」她說。

就這樣，瑪莎．葛蘭姆成為雲門第一位贊助人。隔年，葉公超先生出面，為雲門募款。這些都源於一九七四年夏天，圓山大飯店的晚宴。

林懷民在國父紀念館舞台上為葛蘭姆即席翻譯 1974／郭英聲攝影

一九八〇之後

憶 PINA

二〇一四年二月，雲門接續碧娜．鮑許烏帕塔舞蹈劇場，在倫敦沙德勒之井演出《稻禾》。我提早兩天出發，去接受媒體訪問，去看Pina的《１９８０》。入場時就看到舞台鋪滿綠茸茸的草皮，舞台深處一隻標本鹿歪頭斜看觀眾，前排觀眾可以聞到青草味。

盛裝男女列隊進場，整齊重複一套手部動作，斜穿舞台，走下觀眾席，繞場一周，回到台上，安靜地儀式性地排出隊形，不知不覺間全體舞者齊聚右下舞台，面對一位背台的長髮女子，輪流說出避重就輕的客套話：「妳自己要保重」，「身體要緊」，說完走人。這告別的場面漫長而尷尬。最後留下來的女舞者直立無語，突然上前緊緊抱住長髮女子。

燈光暗下來，一名黑衣女舞者高舉白手帕繞著舞台跑圈圈，一面叫著「我好累，我好累」，一圈又一圈，一名男舞者闖進來，把她高高舉抱，繼續繞場跑圈圈，一圈又一圈，黑暗中只見那白手帕在高處繼續揮舞，聽到那「我好累」的聲聲呼叫。

隨著茱蒂．嘉蘭的《Over the Rainbow》舞者重新上台，戴墨鏡，衣著不整，抖開大毛巾，躺下來，草皮成為日光浴的場域……講話，玩遊戲，打混賣俏，嬉鬧尖叫，玩大風吹，戲謔自嘲的遊戲沒完沒了。

毫無預警地，全體舞者重聚右下舞台，面對那位長髮女子站立。Pina的觀眾知道她喜歡重複，都準備好看那告別的場面再現。然而，無人發話。沉靜中，觀眾不自覺地憶起上半場那些告別的話語，同時等待舞者開口。沉靜。三分鐘，也許四分鐘。熄燈。觀眾席彷彿顫過一陣心悸，過了一陣子才記起要拍手。

一九八〇年，Pina的伴侶，為《春之祭》鋪上滿台泥土，用椅子布滿《穆勒咖啡館》的天才設計師Rolf Borzik，白血病往生，三十六歲。

散戲後，走在濕冷的倫敦街頭，許多往事湧上心頭。

二〇〇六，杜賽朵夫歌劇院後台入口吸菸區。吸著菸，斷斷續續說幾句話。我問，巴黎歌劇院芭蕾舞團把她的《歐菲斯與尤麗狄絲》跳得很好。那麼好的舞為什麼自己的舞團不跳？她看了我一眼，沒答話，只是嘆了一口氣。

二〇〇八，烏帕塔，Pina第三次邀雲門參加她的國際舞蹈節。《風．影》演罷，Pina循例擺下盛宴款待舞者。午夜過後，我說清晨六點出門去機場，要告辭了。她看了我一眼，沒答話。我只好繼續坐下去。

舞蹈節大大小小的演出，每套節目必到，她自己的團也有四五套節目，要排練，盯場。Pina是累了。到了一點半，我覺得如果我這個主客不走，她也不能回家休息，便決絕地站起來說再見。一手紅酒一手菸的Pina看我一眼，不肯站起來擁抱告別，我只好俯身親頰，說台北見了。

始終忘不了她抬眼看我的神情。

如果預知那是最後的告別，我會陪她撐到天亮。

二〇〇九，六月三十日，入院五天後，Pina往生。也許是癌症。也許。因為她虛弱得禁不起掃描檢查。

Pina的舞者在波蘭得到消息，全團開會，決定當晚照常演出。「Pina會希望我們這樣做。」謝幕一次之後，舞者不再登台，把榮耀留給Pina。觀眾對著空舞台擊掌半小時。

雲門剛從莫斯科契訶夫藝術節演完《行草》回到台北。接到惡耗，我在房間走來走去，夜不成眠，想起《流浪者之歌》演罷，Pina哭泣不止，無法起身；想起走進蒙特婁劇院化妝室，驚見Pina送來的大花籃；在烏帕塔的酒館，一根菸後，只匆匆見過幾次面的Pina單刀直入地問：「你真的要去接柏林德意志歌劇院芭蕾舞團的藝術總監？你的舞者如此忠誠，何必到柏林？歌劇院是吃人的怪物，它耗損精力。你會變得很不快樂。難道你要柏林台北兩頭跑？」

Pina舞團隔週在契訶夫藝術節演出，我買了機票，再飛莫斯科。在後台，在旅館大廳，舞者抱住我痛哭。

二〇一二，碧娜．鮑許舞蹈劇場照原訂計畫，在倫敦奧運文化節以五週時間馬拉松演出十個Pina的作品，觀眾瘋狂，好評如湧，是隆重的回顧與慶賀，卻又讓人擔心會不會是超現實的告別儀式。Pina離世二十六天後，模斯．康寧漢往生，遺言舞團續演三年後解散。全世界都關心失去Pina的舞團是否存續，如何存續。

二〇一三，首演三十多年後，《穆勒咖啡館》、《春之祭》這兩齣經典名作終於來到台灣，謝幕時滿堂觀眾興奮歡呼，我卻滿心不安。資深舞者太資深，年輕舞者太年輕，整體演出沒到位，教人憂心。

碧娜・鮑許演出《穆勒咖啡館》／ullstein bild ／ullstein bild 經由 Getty Images 提供

然而，隔年的倫敦，《1980》演得如此成熟老練，我知道舞團已經度過了它的黑水溝。望著掙扎萌綠的路樹，我走得輕快開心。

倫敦之後，雲門轉赴德國。巡演結束，我在威斯巴登與舞者告別，一個人留下來。碧娜．鮑許舞蹈劇場慶祝四十週年，邀我去烏帕塔歌劇院和一九八〇年以後與Pina長期合作的舞台設計家，彼德．巴普斯特對談。雲門幾度到烏帕塔，擁有一些粉絲。他們想知道雲門種種，我只想聽巴普斯特講Pina和她的作品。

Pina的演出，觀眾進入劇院就可看到舞台的風景。以義大利西西里城市Palermo為名的《巴勒摩．巴勒摩》是她罕有，運用大幕的作品。幕起後不久，觀眾還未弄清楚狀況，一堵封住舞台鏡框口的七噸高牆轟然朝舞台崩倒。觀眾驚魂未定之際，舞者已在那亂石遍布，煙塵飛揚的空間開演Pina式的浮世繪。

一名女子用藍色蠟筆在臉孔畫出大大的X，仰天躺下，邀人往她身上丟番茄，「再來！再來！」喊個不停。一名男子當眾脫衣，認認真真給自己洗個澡。幾個青年男子簇擁一位黑衣裙的女子緩步走向下舞台，有如大家族主母出遊。走到台口，年輕人下跪致敬，又讓人疑心可能是出巡的聖母像。黑衣女抓住一瓶礦泉水夾進雙腿間，讓水流洩，事畢，下身一抖，像男人……自虐嬉笑憂傷嘲諷，華麗盛裝的舞者永遠只是在殘破世界裡尋找溫暖，尋找自己的幽靈。

我想聽巴普斯特親口說說那堵牆是怎麼冒出來的，便開口探問天寶舊事。巴普斯特說，Pina的舞台布置往往決定得很遲，這個舞尤其難產。那時舞團在色情影片小店樓上，一家五〇年代老電影院改裝的排練場工作。在絕望的苦思中，Pina瞥見舊布簾後裸露的磚牆，輕輕笑了一下，說：「你看，那真像劇院大幕後的那堵牆。」

十分鐘的寂靜後，巴普斯特說：「我們就砌一堵牆。」

又過十分鐘，Pina問：「怎麼弄走它？」

「讓它倒下來。」

Pina想了一陣子：「我不喜歡，我不喜歡那些泡沫塑膠掉到地上的聲音……」

巴普斯特說：「我是說真正的牆……」

吸了四、五分鐘的菸後，Pina說：「你瘋了！」

巴普斯特地毯搜索適當的材料，自己搭牆實驗，無數「撞牆」之後，找到讓空心磚牆不往觀眾席倒，又能鋪滿全舞台的技法。結構師，舞台技術工會主席，市府建安官員通通說不行，巴普斯特堅持試一次，結果安全到壘。但有關人員仍不放行。晚上技術排練時，巴普斯特問Pina，要不要放倒？她說，倒！

一九八九秋季，《巴勒摩・巴勒摩》首演，十八天後，柏林圍牆倒塌。彷彿是個預言。

讓高牆倒下！我期待三月五號在國家劇院看到高牆倒下。

抵達烏帕塔翌日，舞團排練總監帶我去跟Pina致意。從陰灰的市區車行十多分鐘，林木漸密，陽光映亮綠意盎然的Evangelischer Friedhof新教公墓。走過修飾齊整繁花競放的墓園，小路曲折起伏引入蓊鬱的林子，轉彎處湧現一泓塘水，兩隻野鴨怡然浮游。水塘邊大樹籠罩一塊及胸立石，青苔斑斑，金字浮嵌「PINA BAUSCH 1940-2009」。我沒見過這麼美的墳墓。

怎麼找到這塊岩石？「一直在這裡，Pina的兒子發現這個地方，市政府和墓園都查不出它的來歷。」彷彿特別預留。

二〇〇八，Pina的藝術節也在埃森劇院推出節目，小舞台，大會串，巴瑞辛尼可夫坐了私人飛機來演一場雙人舞。我跟黃珮華排完《水月》獨舞，走過陽光扎眼的餐廳，想到戶外抽根菸。Pina看到我，做了一個抽菸的手勢，我點點頭，她立刻拋下一桌跟她開會的人，帶我到囤積雜物的房間，從一個祕密小洞拿出玻璃菸灰缸。「他們特別為我準備的，」Pina像小女孩那麼開心。抽完一根，說她可以了，

雲門在德國烏帕塔歌劇院演完《流浪者之歌》碧娜・鮑許向林懷民獻花1998／Jochen Viehoff攝影 雲門基金會提供

問我還抽嗎。我說，是。「那我也再來一根，」Pina笑出滿臉皺紋。

我帶給她一盆海棠，一包她慣抽的駱駝牌香菸，供到她墓前。

寫於《巴勒摩．巴勒摩》台北演出前

原載二〇一五年一月《PAR表演藝術雜誌》

後來

二〇一二年十二月三十一日，康寧漢舞團在紐約做最後演出，終結五十九年的歷史。同年，後現代舞大師崔夏．布朗因病退休，五年後去世，舞團終止劇院演出，只做特定場域的表演。

美國現代舞大師保羅．泰勒，晚年手把手培植舞者麥克．諾瓦克處理團務。二〇一八年，泰勒以八八高齡辭世，諾瓦克繼任藝術總監。

到二〇二二，Pina離去後十三年間，舞團換了五位藝術總監。

輯三

館前路四十號

想念俞大綱先生

那年我住在新北投。五月二日上午打電話到怡太旅行社找俞老師，接電話的年輕小姐慌張急促地說：「到台大太平間，俞老師在太平間。」

俞老師赴辦公室途中，心臟病發作，倒在新公園門口，一位計程車司機將他扶上車，未到台大醫院，老師已往生。

奚淞住新店，較近。我趕緊打電話通知他。

那時台大醫院太平間是一棟日治時代建就的紅磚洋房。陽光照不到的地方，駐著兩床白布覆蓋的病床，都沒有名牌。奚淞痴痴地盯著其中一張床。我站到他身旁，也盯住那張床，看到陽光很遲緩地移位。

二十分鐘吧，幾個哭哭啼啼的人走進太平間，迅速推走我們面前的那張床。

我和奚淞驚悚對望。原來我們認錯人了。

初始的驚嚇和傷慟稍過，我想起耶穌對彼得說，「雞叫兩遍之前，你要三次不認我」的故事。那是我第一次面臨親長的過世。那年雲門四歲。

俞大綱先生是引我入門的人。

一九七三年春天，我在台北南海路美新處演講，介紹現代舞，年輕人擠滿了講堂。一位老先生準時到，卻已沒座位，自始至終站在門口聽。直覺告訴我，那是俞先生，我心中發急，卻因為沒經驗，不知該如何打斷演講，為他安排座位。回家後，接到俞先生的電話，施叔青給的電話號碼。他鼓勵我，說我講得好，同時邀我和他與師母去看京劇，因為他「剛好多了一張票」。

很長一段時間，老師總是「剛好多了一張票」，我也因此陪侍兩位長輩看了不少京劇。台北國藝中心去熟了，我開始自動自發地去。五個軍中劇團加復興劇團，國藝中心每天都有戲，一張票三十元。有陣子，只要沒大事，我就去，好戲壞戲坐著看到底。聽慣莫札特、華格納的耳朵逐漸覺得西皮二黃可愛可親。

伴隨俞老師看戲，除了看戲，還有好東西吃。有時是先在儿如吃過點心才上國藝中心，大半是看完戲和他們一起回家，吃老家人準備好的夜宵。

我喜歡看俞老師吃東西，看他如何用白皙柔潤的手指拿筷子，如何夾菜，如何在飯後用茶，如何拭嘴。我喜歡看他安靜地點菜，和顏悅色地和餐廳的人說話，客氣地跟跑堂致謝。

老師的母親是曾國藩的孫女，陳寅恪是他的表兄。長兄俞大維先生擔任國防部長十年，帶領國軍打贏八二三砲戰，為台灣帶來數十年的太平。台灣大學校長傅斯年的夫人，任教台大外文系的俞大綵是他姊姊。老師從不提他的家世。所謂世家風範也許就在這些低調的態度，舉箸的從容，交談的溫雅這些生活小節罷。

吃完東西，送師母上床後，老師這才點上一根菸，開始和我「聊天」。老師總先問我感想，聽我這個外行大放厥詞。老師總說我講得好，然後不著痕跡地為我分析結構，或從一句戲詞引出一串文學的典故，或以角色的情境說演員如何掌握了唱腔和動作，做出了出色的表達。

俞老師總是就戲論戲，從不像某些「內行」，拿梅蘭芳，程硯秋這些大師的典範來臧否台灣的演員。俞老師談戲，到最後談的是戲背後的文化意涵。

同年春天，俞老師應省交團長史惟亮先生之請，懇邀中視京劇社的長輩為當時任職省交的賴德和，沈錦堂，以及史老師講京劇音樂。俞老師要我也去旁聽。侯佑宗先生講鑼鼓點，哈元章先生和幾位長輩示範唱腔。最讓我感動的是曹駿麟老師為

（左起）俞大綱、俞大綵、俞大維在俞大綵的溫州街宿舍客廳合影，牆上是傅斯年的遺像。1950年代／俞啟木提供
大維部長生前久居妹妹大綵教授的台大宿舍。2017年，台北市文化局將這棟日式建築指定為市定古蹟「俞大維故居」。

我拆解，示範起霸的動作組合。那是一堂重要的編舞啟蒙課。

史惟亮先生的《天道人心》（《奇冤報》音樂，一九七四），賴德和的《眾妙》（《白蛇傳》音樂，一九七五），都是中視京劇講座的具體成績。後來曹駿麟先生百忙撥冗，成為雲門第一位京劇基本動作老師。

一天下課後，史老師請我喝咖啡，邀我與省交合作，發表舞作。我說，全部要用中國現代作曲家的音樂，史老師喜出望外。和史老師握手時，我完全沒想到，雲門舞集因此誕生，舞蹈從此成為我一生的專業。

後來，在一次舞團的聚會裡，俞老師說他很喜歡「雲門舞集」這個名字。除了歷史意義之外，充滿了詩意。「門」莊嚴堅實，像人的身體，而「雲」正是流轉舞姿中萬種風情的最佳寫照。

七四年，葛蘭姆舞團首度來台，老師寫了〈我們從瑪莎．葛蘭姆吸取些什麼？〉呼喚舞蹈界，「尤其是雲門舞集」，要「傾聽祖先的腳步聲」。他指出呼吸的重要，強調傳統的拳術，靜坐裡的呼吸，使「肢體活動，血脈流通，講心境，在在是舞者修練的重要法門。」俞老師提示我們：「毛筆字的一橫一豎，一點一句，有呼之欲出的線條與韻律之美……中國文字的形象，圖畫的布局，顏色，應該都能培養一個舞蹈家的氣質與修養。」我生性愚鈍急躁，蹉跎三十載，才逐漸體會老師提示的意境。

雲門首演後，保守與前衛人士都認為我的作品是不中不西，不古不今的四不像，老師接受採訪，肯定雲門的嘗試。七五年《許仙》（後改名《白蛇傳》）首演後，老師更以長文〈談雲門的新舞劇《許仙》〉，從蛇圖騰說起，細述白蛇傳故事的發展，進而評析舞作。

沒有俞老師的誘導，啟發，呵護，雲門不會誕生，不會在頭幾年就找到方向，建立風格，不會在山窮水盡之際，仍然可以重讀老師的文字，找到重新出發的力量。

老師常說，京劇若要沒落，失去觀眾，要被時代淘汰，他可以接受；但是新的表演形式一定要誕生，傳統才能延續；他希望看到創新，即使失敗也比墨守成規束手待斃來得好，因為創新才有希望。

他知道京劇的再生繫於出色的演員，從郭小莊十幾歲起就蓄意培植，定期為她上課，把著手說文解字地逐字教她詩詞，與師母外出時也總帶著小莊，及至小莊成長，更把自己的創作交給她領銜演出。

從《王魁負桂英》開始，老師囑咐我為小莊說戲磨戲。對我這個大外行，這是個沉重的任務。事後思忖，俞老師也許正是希望透過外行的年輕的觀點來找到和年輕觀眾溝通的契合點。或者，老師希望藉此讓我能夠較深入地揣摩京劇的奧妙。

老師特別交代，小莊剛烈有餘，要我加強她委婉抒情的能力。郭小莊果然是拚命三郎，排到三更半夜，汗透全身，嗓音沙啞，兀仍喘氣問道：「需不需要從頭再來一遍？」讓她委婉抒情，我沒辦到。自始至終，郭小莊的舞台生涯總以力竭慘烈的唱作打動人心。

在俞老師的感召下，雲門在七六年春天邀請小大鵬演示京劇基本動作。冬季，為了紀念崑曲誕生四百週年，更邀得李環春先生演《夜奔》，郭小莊演《思凡》。那年秋天，我邀請日本雅樂團到台北演出，老師每場都到，沉醉在源於大唐的樂音裡，又看到南海路藝術館坐滿年輕觀眾，十分開心。

七七年俞老師往生，雲門主辦紀念演出，小莊再演《王魁負桂英》，雲門女舞者跑龍套，我演一個小鬼，兩千五百個座位的國父紀念館溢滿了熱情的觀眾。紀念演出一連舉辦三年，參加的年輕演員除了小莊，還包括朱陸豪，汪勝光，王鳳雲，劉慧芬。

七九年，郭小莊創辦「雅音小集」。「雅音」以現代劇場的燈光布景來烘托效果，戲本身基本上還是沿襲傳統的套路。京劇的蛻變還得等到八六年《慾望城國》的石破天驚。但是，如果沒有「雅音小集」對年輕觀眾的開發，「當代傳奇劇場」

或許還要晚上幾年吧，而「當代」主持人吳興國與林秀偉都曾是經常受到俞老師鼓勵、啟迪的雲門第一代舞者。

在台灣經營表演團體，難，在七八〇年代，真的只有一個字：苦。雲門草創我二十六歲，幾乎離了學校就一腳踩進一個我自己沒經驗，也無前例可援的現代舞團，創作和經營一腳踢，有時不免哀聲嘆氣。老師總在笑談間撫平我的焦慮。有一天看我又在鑽牛角尖，說：「別嘆氣，你來，我講《莊子》給你解悶。」

大綱先生那時擔任怡太旅行社董事長，辦公室就在博物館一箭之隔的館前路四十號。六七〇年代出現在那十坪不到小辦公室的人士包括：李翰祥，江青，胡金銓，簡志信，尉天驄，陳映真，許常惠，楚戈，張曉風，施叔青，李昂，京劇界人士，文化戲劇系學生，文教記者，各種各類的作家，詩人，藝術家，或請益，或聊天，或只坐在那裡聽別人說話。人來人往，午餐時間到了，老師就叫排骨麵，請大家吃，吃完再談下去。那是台北最開放的沙龍與文化教室。

第一堂《莊子》上了兩小時，〈逍遙遊〉只講到「野馬也，塵埃也，生物之以息，相吹也。」老師旁徵博引，我聽得入神，筆記無法周全，望著他傻笑。第二堂以後，奚淞，吳美雲，姚孟嘉，黃永松四位漢聲大將也被點名來上課。美雲是「洋學生」，每事問，問到底，我才得以從容筆記。

《莊子》之後是李義山。講〈錦瑟〉，老師要我們特別注意詩中意象的色彩與節奏。說起長安，老師順手就畫出長安棋盤式的街道，帶著我們一路走，一路指點玄武門，教坊，華清池，彷彿他昨天才從那裡回來。

「向晚意不適，驅車登古原。夕陽無限好，只是近黃昏。」老師說，那是晚唐詩人登高遠眺霞光中的長安城所引發的時代感嘆。那是大唐的殘照。話鋒一轉，俞老師引《三國演義》劉備敗走，百姓「號泣而行，扶老攜幼，將男帶女，滾滾渡河，兩岸哭聲不絕」的場景，追憶他親眼目睹抗戰、內戰中黎民流亡的慘狀。老師哽咽，復又嘆息，隨後安靜地說，大陸文革災難空前，中華文化的傳承與發揚全看台灣了。孟嘉由瞌睡中醒來，美雲不再發問，全室肅然。

遙想大唐，感時憂國，老師最關心的還是台灣，還是本地文化的豐厚。

永松說，俞老師鼓勵他們「做事要肚腹事」，指示他們做田野調查，報導民俗活動要宏觀地找出文化的根源。老師為《漢聲》雜誌的前身《ECHO》寫文章，也和他們到鄉下去採訪，最遠曾經南下高雄茄萣白砂崙參觀王醮。每次回來都開心地講了許久。

文化大學戲劇系研究生邱坤良是俞老師鍾愛的學生。坤良帶著戲劇系學生到霞海城隍廟靈安社隨老子弟學習北管，俞老師鼓勵有加，常到曲館打氣。這批傳承曲藝的新子弟初步學成，在大稻埕慈聖宮前野台演出時，老師也高興地出席。天飄起雨了，我們請他移到攤販帳篷下看，老師說不礙事，笑咪咪地仰望台上，從頭看到尾。從中原書香世家走出來的俞老師坐鎮大稻埕市井，在雨中為初學乍練的小朋友加油的場景是我一輩子無法忘懷的圖像。

因為奚淞主編《雄獅美術》，漢聲諸君經常下鄉，有時雲門巡演，我也請假，課上得斷斷續續。七六年，蔣勳從巴黎回來，只上到最後幾堂李義山。但住在光復南路的俞老師有時也會在晚上穿過忠孝東路，到延吉街巷弄裡的雄獅美術，找他「聊天」。至於比蔣勳早兩年從倫敦回來的王秋桂，老師沒讓他參加我們的「補習」，直接把他送到俞大維先生的書房。

記得有一天，又只剩我一個人上課。講到唐太宗，老師說「有容乃大」，順手拈起一張碎紙，用秀麗的鋼筆字寫下那四個字，略略頓一下，把下面四個字也寫出來，「無欲則剛」。

雲門的工作讓我常覺不勝負荷，一夜在他家書房，忍不住就跟老師說我想把舞團解散。溫雅和悅的俞老師斂起笑顏，「你這麼年輕，只要做下去，一定看得到結果。我年紀一大把，身體也不好，看不到那天了，還是願意盡我的力量來鼓舞你們！」老師拍桌怒斥：「不許你解散！」

星期三上午聚會斷了，我們仍然繼續上課。老師找我們吃飯，找我們看戲，繼續讓我們從他的談話裡學習。不見面的日子，甚至剛剛分手才回到家，老師的電話就來了，談他讀到的書，看到的戲，想到的事，或者剛剛沒講完整的觀點。每個人都常接到電話，常近午夜，可以聊到一兩點。馬友友首度來台演奏，老師大為激賞，講了很多天，順便又為我溫習了〈齊物〉中的「天籟」。

俞老師逝世後，很久一段時間，我在睡夢中，仍然聽到電話鈴聲，掙扎著想起來接電話。

老師離去後不久，蔣勳說，我們都不如俞老師，也做不成俞老師，但是大家努力，加起來的力量，希望能多少彌補老師留下來的空缺。

三十年，社會有天翻地覆的改變。大家都努力，但是力量不斷被抵銷，很難累積。俞老師留下的那個空缺彷彿愈來愈大。

怡太旅行社已遷移，老樓房拆除改建，經過館前路四十號，我常不由自主地想起彼得三度不認耶穌的故事。

寫於俞大綱先生逝世三十週年暨百年冥誕

原載二〇〇七年五月《聯合文學》

雅樂見習記

一九七四年春，亞太基金會給了我一筆獎助金，到日本、韓國考察舞蹈。演完《寒食》，我收拾起台北的牽牽絆絆，踏上追尋中國古舞的旅程。

在漢城，我隨一位李朝時代的宮廷舞師鄭千興學《春鶯囀》，從另一位「人間文化財」韓英淑習韓國「僧舞」。南山上的國立音樂院日日弦歌不輟，不知不覺過了一個月，抵達日本時，花季已到了尾聲。

東京街頭的陽光使我想起紐約，炙熱，黏滯，糊在身上，拂不去。戰後的年輕人高大健壯，五官分明，牛仔褲，花襯衫。連頭髮也燙了起來，染成金色、紅色，甚至綠色——急匆匆地在人群車流中惶惶然找出路。《源氏物語》的時代一去不復返了。

一天晚上，外務省的接待人員帶我坐地下鐵，換計程車到明治神宮附近聆賞雅樂。路燈下走過迂迴如河川的小巷，推開一扇木門，時光突然靜止。模糊的琵琶，笛聲，浮在晚春的夜晚裡。踩過地上的櫻花，沿著苔青的石板道往前走，黑暗深處流泉淙淙，突然想起李義山的詩：「何處哀箏隨急管，櫻花永巷垂楊岸。」

雅樂會的長者著唐服，戴高冠，盤坐紅氈上；伏地行禮之後，開始彈奏。那樂聲悠長沉緩，極其空靈，然而，習慣於京劇文武場和西洋交響樂的我覺得十分遙遠。我不耐煩了。念著這場演奏是為我一個人舉行的，才不得不矜持著賓客的本分，正襟危坐，細細檢閱那笙笛琴箏，以及彩繪的大鼓。

到了第二支曲子，我開始解除武裝，不再期待刺激與驚奇——反正得挨到結束。奇妙的是，當我靜下心來，《越天樂》的旋律慢慢鬆弛了我，慢慢浸入我的身體，把我一點一點地在音樂中溶化了。原來雅樂如此肖似德布西《牧神的午後》或《夜曲》。或者我喜歡德布西，正因為他的音樂裡有唐文化的影響。「嘈嘈切切錯雜彈，大珠小珠落玉盤。間關鶯語花底滑，幽咽流泉水下灘。」〈長恨歌〉、〈琵琶行〉的世界忽然都到了眼前……我不再思想，但覺耳目澄明，神清氣爽。

急音促拍中，《蘭陵王》登場，曳長裾，持金桴，戴著一龍首似的面具。蘭陵王俊美英武，戴面具迎敵。二十分鐘的舞蹈，未見「力的表現」，緩步，低蹲，跺腳，形象上的變化極小，甚至不特別強調線條，徐徐緩緩舞出的是蘭陵王的雍容大度，是「氣」。

日本宮廷舞樂《蘭陵王》／達志提供

表演結束，我傾訴我的感激，提出希望學習《蘭陵王》的意願。主持人的笑臉凝住了，表示雅樂的傳習世代承襲，不授外人。我再三請求。他請來飾演《蘭陵王》的多忠完——唐代由中國移民奈良的雅樂世家多家後人。多先生搖頭如故。陪我的外務省職員把他拉到一旁絮絮低語好一陣子——幫我吹噓吧，我想。最後，多先生好不容易首肯了。「學習可以，要按規矩來了。不許學了就表演，除非我說可以了。」

第二天，我捧了禮物，呈上束脩，不自在地趴到榻榻米上按中國古禮叩頭拜師。一堂課上得我垂頭喪氣。走出那個有櫻花的院落，心裡充滿了屈辱與悲哀。「禮失求諸野」跑了遠路來跟日本人學習中國自己的舞，偏偏學不到家，真是丟人現眼。

西洋舞蹈的訓練使我隨時提氣，肌肉緊張。葛蘭姆要我們打敗地心引力，抗拒四周的空間，讓「自我」挺現。《蘭陵王》全不是那麼回事。我可以提得高高的腿，挺得直直的腰全派不上用場。多老師要我放鬆，和空間打成一片，要我把每一個舉手移步的小動作做足有六七秒鐘之久。我努力放慢，只發現自己僵止了。第二次我上課，我挨打了，多老師從伴奏的大鼓後衝過來，拿鼓槌在我後腦狠狠敲了我一記。我一定是笨得無藥可救。自討苦吃啊！我是悔不當初了。

然而，臉丟不得。我咬著牙，硬起頭皮繼續學下去，繼續挨打。每天提早兩個小時去揮汗練習那枯燥無味，奇慢無比的慢板，天天搞得腰疲背疼。也許被我的熱心感動了，有一天多老師在授舞後，要我坐下，對我談起「書道」。我明白了。蘭陵王的舞必須用「心」去舞，不是用肢體去跳，必須在舞蹈中呈現舞者胸中靜定的涵養。單單形象是不夠的。我明白了。

學到一半，歸期已屆，我又帶了禮物去謝師辭行。多老師第一次展現笑顏，說我實在跳得不錯了。他要我來年再來，把它學完。「老師請客，叫大家來看你表演——把它帶回中國！」我忽然發覺叩頭致謝是多麼得體達意的動作。我記起韓國那個「人間文化財繼承人」的年輕舞者，早起為師傅打洗臉水，吃飯時為師傅添飯，午夜過後一個人洗刷練舞廳的地板。美國師生間的關係往往僅限於繳費與授課。東方的藝術源於生活，藝術的光輝建立在生活的規範。雅樂的傳統便建立在這種堅韌的規範上，父傳子，子傳孫，師傅傳徒弟，生生不息。台灣舞蹈的遠景呢？

拜別多忠完老師，走出玄關，我才驚覺到花季已經過完。地上沒有一片櫻花的落英。夏天已經住下來了。穿越那迂迴如河川的小巷，走向歸國的路，我的步履是沉重的。

一九七六年秋寫於「日本雅樂團」應雲門邀請來台公演前夕

雅各枕遇梅蘭芳

一張珍貴的照片

露絲．聖．丹尼絲與其夫婿鐵雄，在二十世紀初期，以異國情調的藝術性舞蹈，風靡一時，為美國現代舞奠基，門下團員瑪莎．葛蘭姆，杜麗絲．韓福瑞日後成為影響全球的大師。

一九二五年七月，丹尼雄舞團，展開為期一年半的亞洲巡演。在中國，他們去了天津、北京、上海。

由於舞團只在北京停留三天，找不出時間去看梅蘭芳的戲，梅氏慷慨地把自己的班子帶到他們表演的劇場，在舞蹈表演之後，續演一折戲。觀眾喜出望外，舞者未卸妝就趕到觀眾席欣賞。

以扮演高貴美女的聖．丹尼絲大為震動，說她從未看過那麼美麗的手，那麼優

美國現代舞名家露絲・聖・丹尼絲與夫婿鐵雄和梅蘭芳在北京合照1926／林懷民提供

雅的身段，和雍容的台風，而台上的美女竟是一名男士！

第二天上午，三個人在一個前清王府見面。鐵雄對梅蘭芳進行採訪，請教京劇劇場。梅氏送給聖．丹尼絲兩套行頭，其中之一是《貴妃醉酒》楊貴妃的服裝。三位東西方劇場大師短暫交會，留下這張珍貴的照片。時間是一九二六年十一月十日。

四年後，梅蘭芳赴美演出，傾倒眾生。到了洛杉磯，他在好萊塢巨星范朋克的堅邀下，住進范公館；他和卓別林相會，拍下那張有名的合照。

丹尼雄夫婦後來分居，各自發展。鐵雄在新英格蘭區，麻塞諸塞州山野置地，和一群體育學院的學生組成全男性的「男舞者」舞團。他們拓荒，整地，建劇場，舉辦演出。

「男舞者」感召不少男性從事舞蹈工作。一九三三年蓋好的劇場，日後成為舞蹈名家在夏天聚會切磋，公演的地方。這是享譽全球的「雅各枕舞蹈節」的濫觴。

二〇〇二年，雅各枕舞蹈節七十週年慶，雲門應邀演出《流浪者之歌》。在資料室裡，我發現這張照片，遙望前人風采，十分興奮。最後一場表演結束後，舞蹈節鄭重地把這張照片送給我。

年少摸索舞蹈之際，梅蘭芳、鐵雄都曾給我很大的啓示。接過這張珍貴的照片，彷彿走完一個生命的週期，心中有奇異的感動。

二〇〇二年七月二十八日 八里

唱給神聽的歌

小時候，我們眷村對岸的村落常常拜拜。長大以後，我發覺，那麼多年，我們從未過橋去看拜拜，也沒請他們過橋來吃餃子。我要找回我曾經應該擁有的。我要去認識我的鄰居。

「優劇場」主持人劉若瑪

童年，住在故鄉嘉義，也曾坐小火車到阿里山玩。然而，遲至一九八五年，追隨李亦園先生去日月潭評審原住民歌舞比賽，我才認識鄒族的歌。

那是一番震撼的「驚豔」。

領唱人低低一聲「啊——」眾人一呼百應，彷彿孤獨的靈魂受到世人的擁抱，鄒人說，他們的先祖聆聽瀑布而作歌。那是化為長江大河的瀑布啊。深沉莊嚴的五度合唱浩浩蕩蕩，領唱人激起的高音是那拔起的浪花。

那是來自山林，來自一切的源頭的呼喚。我全身起了雞皮疙瘩，含淚聽完，覺得自己像洗過澡那麼乾淨。

我渴望來生是鄒人。

桃花飄零的晚春，我踩著陡斜如天梯的坡道，到特富野天主教堂拜訪高英輝神父。高神父看著我由遠走近，到了面前才驚呼：「原來是林先生，我說怎麼來了一個排灣族的男人。」

原是為來世認宗而來的，我是失望透頂了。這番曲折，高神父自然無法理解，接著泡起山上的春茶，殷殷答客問。

我請他抽空到台北，把鄒族歌舞教給藝術學院舞蹈系的同學。我跟他解釋，我們不只是學學唱歌跳舞，而是希望以人類學的角度，透過歌舞去瞭解祭典的意義，去認識鄒的文化。

高神父沉吟許久，說要得到長老們同意，他才能去教。我這才明白自己在談一件茲事體大的嚴肅課題。

我在日月潭聽到的原來是鄒族瑪雅斯比（Mayasvi）祭典裡的「迎神」與「送神」。

古代，這項祭典只有在出草、戰爭，或男子會所修建的年頭，才在小米收成後舉行。族人相信，祭典時天神降臨人間，賜福族人，撫慰生者與死者。

流傳幾百年的祭典在六〇年代，曾因外來的力量，特別是基督教會的影響，而中斷多年，連男子會所旁的神樹也遭人連根剷去。七〇年代，鄒族重建祭儀時發現很多族人已經忘了歌和詞，年輕一代對瑪雅斯比更是一無所知。高神父等人訪問耆老，經過一年年的練習，才使得祭典得以每年兩度在達邦和特富野舉行。

瑪雅斯比通常連續三日兩夜。在第一天上午的正典裡，族人進行迎聖禮，獻牲血，砍神樹，唱吟神曲，獻酒，男孩週歲禮，成年禮，唱祭歌，戰歌及送神曲等儀式。正式祭典完成後，族人重新聚集廣場，歌舞祭神，往往通宵達旦。

吟唱「迎神」、「送神」是男子的專利。眾人穿著絳紅禮服，頭戴羽冠，依照階級、年齡循序連手排開。「迎神」時，人人肅然凝立，一雙雙粗壯的腿彷彿深植大地，身體隨著歌曲的律動前俯後仰。仰天時，重心落在後腳，前腳腳跟著地，腳盤勾起；俯身向前，腳掌緩緩親吻大地。「送神」時，身體姿態不變，只是在俯身時向側緩移一步。仰俯之際，那五度高低音平行和弦的男聲合唱，有如松濤，響徹群山。

聽過的中國各族的歌曲裡，我沒聽過比鄒族更雄壯厚實的歌聲，我也沒看過像鄒族那樣簡樸，沉斂，驕傲，而又寓意深遠的舞姿。

每年二月、八月，我和阿里山有一個約會。即或因事無法上山，我遙想那歌聲震動山際的三日夜。煩愁的時刻，我傾聽高神父給我的族人練習時錄下的卡帶。那高昂浩蕩的歌聲總能給我力量。

一九八七年，高神父在特富野長老的祝福下，到藝術學院指導同學學習瑪雅斯比的歌舞，也帶他們上山體會山林的浩氣。我們邀請藝院幾位系主任、教授、員工擔任長老的角色，以部落祭典的形式呈現演出。同學們的歌和舞也許無法達到鄒人的真實，然而，在演練鄒族歌舞時，仍能深刻體會到那靜定莊嚴的力量，進而學習去尊重異文化。站在舞台上，他們覺悟到自己代表著一個民族的文化，而慎重而沉穩。

一九八八年，藝院舞蹈系到香港參加國際舞蹈學院舞蹈節。有些學校演出改編、「美化」的少數民族舞蹈，巧笑倩兮，技藝動人，極具娛樂趣味。頭目呼喚，族眾對唱的「特富野瑪雅斯比祭典」沉緩展開時，觀眾席凝靜如固體，如雷掌聲長達十分鐘，而謝幕的舞者不再是大孩子，忽然有了莊重和謙虛。

隨著時光的流轉，鄒族的歌曲逐漸沉澱為我們生活的一部分。祭歌的歌詞是古語，連鄒族的朋友也只能揣測大意，因此字音和旋律就有了無限的包容性。同學們在悲沉或歡樂的時候，不覺便吟唱鄒歌寄懷，往往有人起頭，便一呼百應地掀起一場合唱。我旅居紐約，和留美同學相聚時，聊到夜深無語，就安靜靜地唱起鄒歌。歌聲喚起大家共處的時光，以及特富野、達邦崇峻的山嶺，遼闊的天空，和鄒人健壯美麗的身影。

對於鄒人，失而復得的祭歌，應該承載了更多更複雜的情感吧。祖先傳下來的歌應該可以包容他的委屈，激起他的壯志。對人口不到五千的鄒族朋友，祭歌的重建代表強化認同感與向心力的努力。高英輝神父談起祭歌，彷彿在訴說他的生命。達邦夜空繁星晶亮，祭典的火堆映紅一位終夜端坐不語的盛裝貴族老婦臉上的皺紋。壯碩如山的年輕人趁著酒興在篝火邊高歌狂舞，過了午夜，有人臉龐爬滿淚水，兀仍歌舞不休。

這些年來，柏油的產業道路鋪到達邦，鄒人開車往返嘉義。曹族的訛名改為鄒（Tsou）。一九八八年幾位原民青年把嘉義火車站前的吳鳳銅像拆毀，拖下台座。隔年，教育部刪除課本的吳鳳故事，吳鳳鄉改名阿里山鄉。鄒族學子力爭上游，

《鄒族之歌》CD 封面／雲門基金會提供

有些在台北的大學裡擔任教席。近幾年來鄒族青年創辦《鄒季刊》，組織「鄒語會」，拜訪長輩蒐集傳說和歌謠，竭力延續文化的傳承。這兩年，達邦國小也在課堂裡教授鄒語歌。上個月，孩子們的合唱團便以祭歌在縣裡的比賽獲得冠軍。

朋友和學生都愛那歌聲，不知不覺我好像在經營一個地下拷貝工廠，出品高神父的卡帶，我很想上山錄下一個沒有雜音的《鄒族之歌》。

一九九一年九月二十日，我上山進行田野錄音時，族人召集了四個村落的男女組成七十四人的歌隊。往常祭典在特富野社和達邦社分別舉行，那天我赫然發現兩社頭目都參加了這場錄音。鄒族朋友對錄音的重視和對我的信任，我衷心銘感，覺得來世為鄒人的祈願彷彿是有希望達成的。

資深的錄音專家徐崇憲先生丟下台北的工作，熱心地和我上山。我們在達邦海拔一千五百公尺的普雅那山巔架起麥克風。烈日當空，山風呼呼，高樹上聚集了成百的鳥，我們錄下鄒人嘹亮的歌，也錄下山濤與鳥鳴。

錄唱〈迎神〉時不太順利。幾番重來之後，一位長老站出來指責頭目領唱起音太高，頭目俯首不語。原來一個部族的領袖在政治責任之外，也被要求克盡文化和藝術的責任！看到頭目肅然整理自己，帶領眾人，一氣呵成地唱完〈迎神〉與〈祭神〉，我心中無限感動。鄒族的朋友說，錄下的這兩首歌，比平日祭典唱得更純淨，更有力。

隔了幾天，鄒族的朋友應邀到台北表演，我事先毫無引導說明，要一年級新生前去觀賞。那竟是一次驚動的啟蒙經驗，竟然有五分之一的人不約而同在報告裡表示，希望下輩子是鄒族人。

鄒族的合唱裡充滿了人際間體溫的交流，以及人與自然界和諧的對唱。

這樣的歌聲可以撫慰，可以激勵。

這樣的歌可以使那高歌狂舞的鄒族青年在發洩委屈之後，拭乾淚痕，以鄒人沉靜自信的顏容重新面對生命。

希望這來自山林瀑布的呼喚可以為流落山下的鄒人——以及流落在現代都市的我們——找到回家的路途。

希望《鄒族之歌》的ＣＤ可以是一座橋。

原載一九九二年五月六日《中國時報》

後來

一九九二年，《鄒族之歌》獲得唱片金鼎獎。雲門把獎金捐給鄒族父老，成為鄒族文化藝術基金會的母金。二十多年來，基金會致力蒐集、研究、傳承鄒文化。

高英輝神父是天主教第一位鄒族神職人員，也是極少數留在部落裡的菁英，在組織族人團結合作面對山下市場，鼓勵族人以「鄒的觀點」正視吳鳳神話，以及採集、傳承鄒族祭典都是重要的推動者。

一九九四年，在菲律賓獲得博士學位返台未久，英輝神父在板橋被颱風刮下來的大招牌擊傷辭世，享年五十二歲——正是要發揮更大影響力的年紀。

惡耗傳來，我傷心如喪兄長，也為鄒人輓痛。

瓦拉納西

拂曉時分，你會聽到孔雀的叫聲，此起彼落在似醒未醒的怔忡裡，彷彿也看到牠們棲息在兩層樓那麼高的鳳凰木枝頭，或者綻放成串黃花的金急雨樹上，忽然間展開燦爛的翅膀，飛到另一個樹梢，一路高聲號叫。實在不能相信這樣美麗的鳥，竟有如此粗糙，淒厲的叫聲……

我去了恆河。

我去了瓦拉納西。印度的兩條聖河，占姆河與恆河在此交會。據說還有第三條聖河在這裡會合，在恆河底。然則那只是個傳說。

飛機在黃昏飛抵千年古城。暮色中印度大地映眼而來，無邊無際的沙土，在日落後的紫光中，有如死人的膚色。從機場到城裡，一路火光飄搖。盛暑的熏氣裡，村人埋鍋造飯，火光映亮紗麗微掩的顏容。黝黑起皺的臉龐一閃而過，一閃而過。

車過時紗麗一角彷彿閃著窺視的眼白。村莊過後，車子淪入印度千年的夜黑。

恆河的水是黑的，緩緩流過瓦拉納西古城，遠望過去，有如凝結的固體，黑色的結晶。

清晨，河畔一片悄寂。蒙古人十六世紀建造的宮城在朝陽下凝出乾血似的赭紅。河畔的石階，白森森泛著青光，一頭黃牛踱步。太陽很圓，只看到一個蒼白的輪廓，像一粒魚眼珠，以河水的動勢緩緩升起，升起，許多躊躇，許多猶豫——突然散出刺眼的白光。河畔驟然充滿了人聲，寺院的鐘聲，以及撲鼻而來的十幾種氣息：石頭的氣味，沙塵，河水，乾草，馬牛駱駝的臭味，沙龍的染料，花香和人的體味，寺院的血腥，還有刺鼻的燒茶的荳蔻味……

恆河自喜馬拉雅山蜿蜒流下。瓦拉納西的恆河船隻如梭。河畔擠滿了沐浴的印度教徒。年長的虔誠禱告，小孩子潛水，游泳，水花和笑聲一起濺噴半空中。不時有人把萬壽菊綴成的花球放到黑色的水上，花上燃著白色的短燭。坐在船上，風景卷軸般地開展。赭紅的古屋飛出鴿群。碩大的老鷹靜止地懸在空中，突地直衝而下，掠過水面。

一個黃紗裹身的女子從赭紅的窗口探身，拋出一匹丈餘白布。過後許久，回過頭，只見那白布在風中飄動。石階上多了幾隻猴子，繞著那頭大黃牛糾纏不休。寺院擴音機爆出一連串咒語似的吟誦。信徒敲著鐘，向神祇報到。催人的鐘聲裡，必然有人以手沾血，或者以血紅的硃砂，塗向濕婆或歡喜天的雕像。

胖如臉盆的大魚，深黑的膚色，嘩地跳出水來，撲通一聲不見了。遠處的小舟張起破舊的風帆很慢很慢地滑動。水邊有幾十個人在滌布。紅黃藍綠，泡到水裡，抓起來擰乾，放在石塊上，用極粗的棍子敲打。此起彼落的空空之聲，凌越所有的噪響迴旋在黑色的河上。

陽光扎眼，急促的鐘聲裡，一頭大羊惶然驚走。四際圍著人，牠走不遠。鐘聲愈敲愈急，薰香的煙熏得人張不開眼，遠遠有鴿群掠過。陽光中迸裂著沙塵與朽爛的花味。一名黑瘦的男子緩步向前，揮刀砍下羊頭，鮮血飛濺到寺院的石壁上。信徒對著神像伸手「放踵摩頂」為禮。

瓦拉納西是濕婆大神人間的居所。如果能夠死在這城，火化的骨灰隨著恆河流去，就能打破輪迴，得到救贖。幾世紀來，印度教徒一定要到瓦拉納西朝聖。城裡有小旅館，只收六十歲以上的顧客，房客付出高房價住到臨終。河畔的石階乞丐成群，見人從市集走來便合掌乞討。絕大部分是婦女。大部分是寡婦。外地的女子，

vodafone
जल पुलिस
vodafone

瓦拉納西的河邊台階／謝旺霖攝影

丈夫亡故後便千里迢迢而來，盤纏用盡淪為丐婦，一心一意要死在聖河邊。

石階臨河處有許多竹篾編成的涼棚，少年從棚子裡勇敢地跳進黑色的恆河。背陽處，祭師把硃砂點在浴罷著衣的信徒額上。有些攤子上堆滿了青白的茉莉。涼棚附近，兩塊焦黑的石地上冒著老高的灰煙。乾而瘦的賤民用木棍撥動裹著白布，尚未燒盡的屍體。婆羅門祭師的誦禱聲中，一名白衣光頭的男子把屍灰灑進河裡。

河面上大魚在翻躍。一艘大船飛馳而過，船上的信徒齊聲高唱聖歌，船尾的白湍黃菊起伏。

那天中午，在瓦拉納西巍峨宮城下的人群裡，我喝了一杯用河水燒成的茶。驕陽下，恆河波光閃爍，黑河對岸平沙千里，直到天邊。

「瓦拉納西」梵文的原意是：洞悉生命的眼光。

一九八九年十月 紐約旅次
原載一九八九年十月十三日《中國時報》
二〇二二年二月修訂 八里

輯四

摘蘑菇去

想念約翰·凱吉

這兩三年，我不斷建議台北國家戲劇院邀請約翰·凱吉和模斯·康寧漢來台演出——在他們還能動的時候。心願未曾實現，卻傳來凱吉中風去世的惡耗。

一九七〇年，我在康寧漢舞校上課，沒見過約翰，也無緣見到模斯。七二年，在阿姆斯特丹美術館，初次看到凱吉的作品：一室任人搬玩的唱機。不同的唱片，在不同的時間開始轉唱起來，鬧熱滾滾，十分好玩。參觀的人不以噪音為忤，個個面帶微笑，彷彿回到童年。

凱吉喜歡噪音，喜歡紐約居家的第六大道的市聲。夜裡，車聲人聲警車鳴聲，都不妨礙他高枕酣睡。他說，每種聲音各有特色，把音響化為圖像，很美；市聲，是生活的詩篇。凱吉認為所有的聲響都是音樂。年輕時，他隨十二音大師荀伯格習作曲。日後，荀伯格說他不是作曲家，是發明家。

四〇年代，在離婚後的徬徨裡，凱吉求助於東方哲學，研究《易經》，又隨鈴木大拙學禪，自此欣賞環境中的聲響，是隨緣靜觀大千的心境，一花一世界的童心。

除了掀開鋼琴蓋子，敲打琴弦，把鑼半浸水中，這些怪招之外，凱吉以《易經》卜卦的道理，發明以卜卦或抓鬮的「機緣」手法，來決定樂曲的走向。傳統的起承轉合、調性、和聲、主題與變化，通通推翻了。用流行的語言來講，他「顛覆」了藝術——不只是音樂——的規律與形式。二十世紀後半期的音樂史因他而改寫。

一九四五年，約翰．凱吉在紐約現代美術館舉行音樂發表會，兩極化的樂評潮湧而出，《生活》雜誌專文報導，凱吉一舉成名。四五〇年代，他的音樂會最多吸引一百二十五人出席，近年來，他的觀眾每場可以多達八九千人。不變的是，中場休息總有成隊的人離席退場。參加凱吉的音樂會是一種珍貴的經驗，在起居室放他的ＣＤ，專心欣賞的人大概不多。

他的音樂要表達什麼？凱吉認為世界萬物，只要存在，自有它的意義，只是對不同的人有不同的意義。他痛恨主題掛帥的藝術，痛恨說教。凱吉同意杜象的說法：藝術因為觀（聆）賞者的詮釋才得到完成；藝術不須透過學習就能欣賞。

凱吉崇拜杜象，摯愛達達，憎恨跟在達達之後的超現實，因為那裡頭有太多心理學。他也心儀抽象表現主義畫作，曾經分期付款買下馬克．托貝一幅純白的畫作，畫上沒有任何畫像，只是深深淺淺，白色的變化。他說看過托貝的畫再上街，覺得人行道上的白色異常動人。他喜歡羅勃．羅森伯格所有的作品，收藏了一張用空白畫布繃起來的畫作。凱吉說，那幅畫是塵埃起落的機場，隨著時辰反映室內的明暗，變化無窮。他甚至驚歎，羅森伯格教他看清可口可樂的瓶子！

聽過凱吉的音樂，也許也會使人驚覺都市噪音美麗非凡，或者，比較容易忍受。凱吉希望泯除藝術與生活的界限。他的創見與作品是示範性，前導性的。在眾神喧譁的藝術世界，他把一切歸零，刨出一方空白——像他喜歡的畫作——讓想像力得以發揮，讓新的可能可以實現。

四〇年代，凱吉在西雅圖柯林斯學院結識模斯．康寧漢，自此結下近半世紀的情緣。他央求康寧漢退出葛蘭姆舞團，發展自己的風格。在他的影響下，康寧漢也以「機緣」手法編舞。康寧漢除了堅持舞蹈是受過訓練，有技術的舞者的肢體表現之外，與西方舞蹈傳統完全決裂。舞名與內容不相干，舞蹈不交代情節或心理學。舞蹈不詮釋音樂，音樂也不在節拍上支持舞步，兩者無主從關係，只是同時存在。舞蹈絕不做主題與變化，事先編好的片段，常在演出前透過「機緣」手法的運作，重新排列組合。舞蹈空間的運用，不為觀眾整理出有秩序的層次，作為焦點的提示，舞台上幾件事同時發生，觀眾目不暇接。康寧漢舞團常在美術館、大街上演出，舞蹈打破劇院的鏡框，任由觀眾從四周任何角度來欣賞……

六〇年代，一群舞者在康寧漢舞校進行創作課程，後來移駐格林威治村的傑德遜教堂演出。沒受過舞蹈訓練的藝術家、音樂家，或自廢「舞功」的舞者以尋常人的動作，長期推動實驗性舞蹈作品的發表。這是後現代舞蹈的開端。

一九四七年，凱吉、康寧漢和羅森伯格在北卡州的黑山學院舉行一場演出，凱吉演奏，康寧漢跳舞，羅森伯格把畫掛在會場，自己隨意地放唱片。這場自由形式的表演，成為六〇年代初期風行美國的「偶發藝術」以及後來的「表演藝術」的先驅。七〇年代，低限音樂以素材的不斷重複與細微的變化，重建音樂的新秩序。八〇年代，以後現代舞蹈為基礎的「新舞蹈」抒情表意，重抹人文色彩。這些音樂和舞蹈運用新元素、新手法，是嶄新的品種。這一切，源於約翰·凱吉始於四〇年代解放性的革命。

「除非走極端，我們將一無所成，」約翰．凱吉如是說。這位在觀念上愛走極端的革命家，生活上卻極恬靜，淡泊，天天上街買菜，燒飯，得閒便往林子摘蘑菇。蘑菇是他少數絕不隨緣的事物。年輕時，他小心品嚐菇菌，蒐集專書，後來成為菌類專家，在大學開課講授「蘑菇辨識」。問起他的休閒生活，凱吉說，模斯跳了一天舞，累了喜歡看電視。凱吉恨電視。可是，一整天沒做什麼「大事」，到了晚上一身精力，卻又不便發作，只好坐下來陪模斯看電視。

一九八一年，康寧漢舞團來台，在國父紀念館演出。我有幸陪侍兩位大師進餐。兩人都吃素。模斯靜如處子，凱吉溫文可親，娓娓答客問之餘，不時為模斯布菜勸食。兩個人都極樸素，模斯一件T恤，凱吉穿著粗布勞動服式的夾衣。

名滿天下的大師事實上過得十分清苦。年輕時，兩個人經常失業。一九五八年，凱吉第一次「發財」——在義大利電視「蘑菇有獎競答」節目裡，過關斬將，獲得大獎。他用那筆錢買了一部德國金龜車，方便草創時期的康寧漢舞團巡迴演出。三四十年來，凱吉不定期開音樂會，應邀講學，授課，沒有固定工作，堅持波西米亞式的藝術家生涯。如果問頭銜，那就是模斯舞團的音樂指導。約翰．凱吉在台上喝水，朗誦，玩樂器，是康寧漢舞團表演時溫暖的景觀。

約翰．凱吉（左）與模斯．康寧漢／達志提供

前年，紐約客居中，出席了一場為錄影而特別舉辦的凱吉回顧音樂會。這是第一個凱吉的電視專集，在他成名四十多年後。這是美國，而凱吉不是伯恩斯坦，更不是麥可．傑克森。

音樂家逐一演奏凱吉里程碑式的代表作，包括赫赫有名的《四分三十三秒》。凱吉的好友大衛．都鐸坐在鋼琴前，一本正經地翻樂譜，看碼錶。應邀出席的觀眾熟知遊戲規則，沒有人「發作」或退席，都帶著珍惜的心情目睹有名的歷史事件在眼前重現，凝神聽著彼此的呼吸。是一場儀式。真真安靜。

後來，觀眾問他，《四分三十三秒》演奏時，如果有人咳嗽，他在不在意。凱吉答得好：音樂廳本來就是咳嗽的地方，不是嗎？觀眾哄堂大笑。他又說，事實上，並沒有真正的「靜」這回事。在最靜的時候，人們依然「聽」到自己的心跳。他若有所思，忽又說到：「今天人們是如何汙染寂靜啊！」

散場後，觀眾哄哄圍住凱吉與康寧漢簽名。兩個人有請必簽，有問必答，安安靜靜，眾人興盡才告退。

兩位老人從人群走到街上。西十街到了河邊，荒涼而淒寒。沒有人送他們，沒有人為他們叫車。矮小的約翰攙著雙膝患關節炎——而仍不斷上台表演——的模斯，東張西望，避開急馳的車流，蹣跚過街。等了好一會兒，才叫到一部計程車。

我始終忘不了凱吉短短的白髮在風中顫動的模樣。

可是，兩位老人全無淒涼的神情。

模斯說過的：「我不知道自己喜不喜歡跳舞，只是不知不覺跳了大半生。追求名利的人如果在舞蹈上成了名，大概會以此為基礎，轉而追求其他更大的名利吧。那麼，一直在跳的我大概是喜歡跳舞的吧。」

凱吉曾從杜象學下棋。他很少贏。杜象常常冒火，說他笨。凱吉覺得自己缺乏常勝客所需要的進取心和侵略性。

凱吉晚年喜歡蒐集石頭。

七十九歲，是高壽，照自己的意思活了一輩子，是扎扎實實的一生。

只是，聽到噩耗時，我感到奇特的寂寞，十分懷念兩位心靈從未老去的老人。

約翰摘蘑菇去了，今後誰扶模斯過街？

原載一九九二年十月《PAR表演藝術》雜誌

二〇二二年修訂 八里

康寧漢先生，再給我們一次機會

一九一五年，一次大戰炮火正熾，中立國瑞士首府蘇黎世，一群流亡藝術家呈現了混合吟詩、敲鼓、搖鈴、尖叫、低泣、拍打桌子的演出。他們把自己叫作「達達」。

Dada，在俄語意為「是，是」。法文：「搖擺木馬。」德文：無意義的發聲。

達達主義：反審美創造和反戰行為的專有名稱。

《大英百科全書》

#

以叛逆、革新、前衛名滿天下的康寧漢，私底下是沉靜寡言、溫和有禮的彬彬君子。作為一個公眾人物，他從無是非。他吃素，是大隱隱於市的修道者。舞蹈是他終生的修持：每天練瑜伽，給自己上課，教課，排舞。他酷愛觀察昆蟲與動物。他與科技發展熱情同步。康寧漢是最早運用錄影機記錄舞蹈，最早專為電視創作的編舞家。近年他熱中用電腦編舞。

＊

五〇年代，現代舞第一代大師瑪莎．葛蘭姆，杜麗絲．韓福瑞如日中天，舞蹈仍與心理學、文學、音樂、戲劇唱和之際，康寧漢「近乎遊戲，沒有表情」的前衛舞作在美國毀多於譽。像日後的保羅．泰勒，崔莎．布朗，康寧漢先在法國受到熱烈肯定，才得到家鄉的擁抱。

六〇年代，戰後嬰兒潮誕生的孩子長大了。他們看電視，開車在高速公路飛馳。他們厭倦中產階級物質過剩，無聊虛偽的生活，痛恨荒謬的越戰。在嬉皮密布，倡行性自由，造反有理的革命大本營，加州柏克萊，康寧漢打倒舊有藝術觀，不給觀眾任何壓力的舞蹈，受到新生代的熱情擁抱。

一些借用康寧漢舞室上編舞課的年輕舞者，跑到格林威治村傑德遜教堂，發表實驗性作品。在康寧漢「舞蹈即動作」的理論解放出來的無限自由裡，新一代舞者大鳴大放，「只要我喜歡，沒有不可以」。諸子百家，無奇不有的後現代舞蹈由此發端。時間是六〇年代末、七〇年代初。及至七〇年代晚期，康寧漢的影響力已越過葛蘭姆與巴蘭欽。全球編舞家，包括芭蕾作者，不一定用「機緣」經營作品，卻無一不受其拓展性、不確定性的創作觀啟發。

※

模斯・康寧漢青年時代，在喬治・巴蘭欽的美國芭蕾舞校習舞，後來成為瑪莎・葛蘭姆舞團的第二位男性舞者。在生活伴侶凱吉鼓勵下，他開始編舞。在凱吉鼓勵下，離開葛蘭姆舞團，尋找自己的創作風格。受了凱吉影響，開始用「機緣」的手法編舞。

「機緣」用到舞蹈上是用丟銅板、抽籤、抓鬮、卜卦的方式，決定四肢、頭部、軀幹的動作內容、動作方式、方向、走位、節奏、個別動作連貫的順序；舞句，乃至段落的先後。「機緣」玩到極致是「事件」（Event）：康寧漢常就當季排練的舞碼，在演出前以「機緣」抽取各舞片段拼湊組合為該場表演內容。傳統舞作講究的起承轉合、結構、邏輯，全然瓦解。

林懷民與康寧漢在雅各枕舞蹈節 2002／雲門基金會提供

◎

康寧漢從不解釋自己的作品，任由理論家、批評家自圓其說。在「機緣」與時俱增的龐大傳奇下，許多人誤以為他的舞真的只靠丟銅板定乾坤，卻忘了做最後取捨定案的仍是康寧漢。而且，他「編」舞，選擇動作，教給舞者。他早期的團員保羅．泰勒便堅持，康寧漢舞作是他生活與心境的表露，絕對不抽象。

在風濕進駐他的關節之前，康寧漢是靜若處子，動如狡兔的舞者，翔如蜻蜓，落地如貓，舉手投足充滿水晶般的品質。八〇年代以後，康寧漢登台時，那曲扭的身軀，蹣跚的步子，夾在俐落蹦躍的年輕團員之間，成為奇特的焦點，使人不能不對歲月，生命，滄桑做豐富的聯想，使沒有情節的舞作，洋溢情緒性與戲劇感。晚近作品，罕用「機緣」編作，舞作益加素淨，抒情風格躍然，使人在讚歎作品的精純之外，也感激那額外的人性溫暖。

九二年，凱吉病逝。康寧漢守喪一週後，率團巡演，繼續創作。該年新作，以電腦術語入舞的《輸入》，舞近終結，舞者改裝，黑衣登台，恍然悼亡。半生追求純粹、抽象，無情緒表演形式的康寧漢不由自主地顛覆了自己。

&

認識大師往往由傳說與教科書理論性的界說開始。有時也就停留在那一點。技術體系，創作理論，作品，風範——模斯．康寧漢給我的感召無窮無盡。然而，最令我怔忡、感動的卻是他這十幾年以肉身和作品所呈現的人的生命。

大師率其舞團二度訪台。明天，康寧漢舞團在國家劇院最後一場演出的日子，正值老人家七十六歲誕辰，容我在這裡提早說聲：Happy Birthday, Mr. Cunningham!

∞

一九五二年，三位美國藝術家在北卡羅萊納州黑山學院，舉行一項別開生面的作品展示：畫家羅勃．羅森伯格在房間掛出他的畫，音樂家約翰．凱吉爬到梯子上唸書，舞者模斯．康寧漢在觀眾間起舞。三者無關聯，無呼應，只是同時發生。這場上溯達達濫觴的藝術表演，被認為是六〇年代「發生」（Happening）風潮的鼻祖。

羅森伯格是在黑山那年，透過凱吉的介紹才認識達達。凱吉本人則在歐洲遊學時深受達達理論啟發。成長於西岸的凱吉也長期研究禪宗以及東方哲學。禪宗，《易經》，加上達達，成為他音樂觀與藝術觀的基礎。

☆

康寧漢的動作風格兼容葛蘭姆技巧與巴蘭欽風格的芭蕾，前俯後仰，左右傾折的上半身，外加現代舞不曾有過的迅捷繁複的腳部動作，快速移位，轉變方向。一切以數學般的精準進行。有趣的是康寧漢體系的動作，罕有婉轉的過渡動作，動作直截了當串接起來。批評他的人，嘲諷那是傀儡之舞。理論家認為是「機緣」所致。真正的實情也許是康寧漢的身體喜歡如此移動。

個人風的動作，「機緣」手法編舞之外，康寧漢也去除了文藝復興以降的鏡框舞台的美學準則。舞團走紅之前，邀演的戲院極少，只要有人請就去。演出場地常是廣場或學校的體育館，舞者就面對四面八方的觀眾表演。模斯把這種形式搬進室內的舞台。舞台中央不再是最重要的焦點，每個角落都是「重要動作」發生的所在，許多組合同時發生，每個組合同等重要，舞者長時間背台演出也成為常態。

更激進的，舞者數自己的拍子，不再聞樂起舞。音樂與動作無有主從之分，誰也不呼應誰，只是很民主地和平共存，同時發生，同時結束。舞者總是在首演夜才第一次聽到音樂。

在這種「無政府狀態」下，舞作不再敘說文字性的主題。音樂、動作、布景、道具和燈光所拼湊起來的視聽現象就是全部的內容。

抽去了其他附麗和包袱，舞蹈從未如此純粹，純粹到只剩動作。姿勢、動力、速度、個別和群隊的肢體穿越空間的圖案，以及舞者動作時愉悅或冷靜的神情，都以新鮮有力的樣式凸顯在觀眾眼前。觀眾擁有百分之百的自由去選擇觀賞與聆聽的焦點，以及自由聯想，自由詮釋的權利。

@

一九五一年，凱吉以「機緣」——Chance，或譯「機率」、「機遇」、「機會」——的手法譜作《易之樂》（*Music of Changes*）。翌年，發表《四分三十三秒》。鋼琴家大衛·都鐸禮服登台，開琴蓋，置樂譜，按碼錶，靜坐四分三十三秒，蓋琴蓋，行禮如儀，鞠躬下台。多年之後，凱吉說，《四分三十三秒》絕無安靜。的確，音樂廳中，咳嗽聲、電流聲，聲聲入耳。有趣的是聽眾往往在這無聲音演奏體會到難得的安靜——或者在焦慮等待之後，終於沉靜下來。

對約翰·凱吉，世界上沒有噪音這回事，所有的聲音皆是音樂，儼然《莊子》〈齊物論〉的發揮與實踐。

原載一九九五年四月十五日《中國時報》

模斯·康寧漢的舞作向來以機緣（Chance）決定最後的演出順序。本文呼應「機緣」精神，隨機排列。讀者不妨自行重組閱讀順序。文章原來的順序為：∞ @ ※ ☆ ＊ # ◎ &

EIKO & KOMA

幕起時，燈光只照亮舞台中下區。頂天立地的鐵絲網前橫著一個赤裸裸的女體，臉朝下，雙腿長短交疊地趴著。兩三分鐘沒有動靜。慢慢無調的音樂裡，襯著冰冷的鐵絲網，那女體看來無比的嬌嫩、脆弱。

舞台深處隱隱出現一個沒有頭的男人的背脊，紋風不動地以坐姿緩緩移動，千山萬水似的，好不容易才移到鐵絲網邊。靜坐片刻。復以坐姿紋風不動地遠去，消失在黑暗裡。

宛如由沉睡中甦醒，那女子「毫無動靜」地翻轉軀體。三分鐘後，觀眾看到她臀部隆然的完整背影。她以右肘撐地，撐起上半身，慢慢仰頭，黑髮流瀉肩後，左手左腳輕輕浮起，延伸，彷彿召喚。片刻後她沉緩地趴回地上。鐵絲網一格格的陰影撲了上去，刺紋了她的身軀。

男子的背影重新浮現，像逐漸拉近的特寫鏡頭，被吸到鐵絲網上。他艱難地扭過頭來。一張扭曲的臉。他伸手抓住鐵絲網，痛苦凝視那橫陳的女體。女子一動不動。痛苦成為惘然，他頹然鬆手，緩緩轉開，留下一個沒有頭，被鐵絲網切割的背脊。

天長地久，兩人各自凝住那坐與臥的不動之姿。

音樂不知何時終了，寂靜中，女子翻身移位，像一條蟲子蠕至台口。她撐起上身，抬頭望向漆黑的劇場。

漸熄的燈光裡，觀眾看到亂髮後的顏容在黯光中挺起的動勢，彷彿聽到一聲悽慘的無言的叫聲，才意識到橫阻在他和她之間的原來是無盡的時空，是「人生不相見，動如參與商」的互古的人的孤寂。

燈光再亮。她蜷住身子，如一球光滑的石頭。他以肩頂地，兩腿掛在鐵絲網上許久許久，紋風不動。

她慢慢舒展，勉力挺起上身，抓住鐵絲網。凝靜。忽然砰然墜地。過一會兒，他沉緩地把腿移下來。鐵絲網輕顫，肌肉看不出一絲緊張，卻又全在掌握之中。

兩人爬向對方，纏綿擁抱，手腳軀體流動攀緣，凝為蔓藤糾結的意象。不知不覺間，徐徐鬆開，各回自己的據點，雙腿藤蔓似地爬上鐵絲網。地光隱去，觀眾在褐濁的燈光下看到兩個無頭的倒懸的肢體……

這兩個以慢動作演出的舞蹈，各長十五分鐘，第一個叫《記憶》，第二個題為《鏞》，她叫Eiko，他Koma。這對日本夫妻檔的舞團就稱為EIKO與KOMA。

時代廣場不遠處，紐約市政府蓋了兩大棟樸素的公寓大廈，廉價租給上千個表演藝術家。通過警衛站，登樓按鈴，門開處，Eiko忙說：「請進請進，家裡亂得一塌糊塗，Koma又染了重感冒……今年春天真是一塌糊塗啊，冷冷暖暖的，每個人都病了，進來進來，你看，亂得一塌糊塗啊！」

拼花地板刷得發白，沙發破舊，餐廳裡原木釘成的餐桌斑痕累累，一樣刷得發白。牆角的育嬰車堆滿玩具。雖未家徒四壁，卻沒多少可以製造混亂的材料。

Koma倒真病得「一塌糊塗」，寒暄過後，抱住一杯冒煙的茶，走得遠遠，萎萎地說：「可別染上我的感冒。」

應客要求，Eiko寫下她的名字，直說：「真高興能寫漢字姓名給人看！西洋人不會問起，也看不懂哪。」是永子，尾竹永子。Koma是隆，也姓尾竹。是入贅，原姓山田。兩人是在東京舞踏坊結識的。但那時的心思大部分花在學運上。

第二次大戰無條件投降，是日本立國以來唯一的敗仗。一九六〇年，日本政府簽定《美日安保條約》，隨之而來的是：美軍統管，外力強迫施行新憲法與民主體制，土地改革，工業化，城市化，現代化，以及文化上的美國化。民族信心低落，傳統秩序解體，價值觀混亂是戰後日本的寫照。長期苦悶的日本青年由東京大學學生帶頭走上大街，反協定，反工業化，反體制，反美，反戰，反傳統，反西化。學生運動自此風起雲湧，每年的「春鬥」成為一項傳統。

類如八〇年代台灣政局變化帶動了小劇場活動的蓬勃，六七〇年代日本前衛藝術蔚然成風。其中，土方巽和大野一雄等人汲取日本原始舞步，民間祭儀，兼受歐洲布萊希特的政治劇場，以及存在主義思潮的影響，發展出崇尚醜惡美學的「暗黑舞蹈」，或叫「舞踏」，以別於傳統的「舞踊」。

舞踏反技術，積極挖掘潛意識世界，往往以白粉塗身的裸體，中邪似地翻著白眼珠的形貌向社會挑釁。這種曖昧虛無怪異的「肉體叛逆」成為大城後巷反體制藝術家的發言形式。

出身中產階級的家庭，分別就讀早稻田與中央大學法政系的山田隆與尾竹永子先後投身學運。既然反體制，就不該讀完大學進公司，去當既得利益的社會菁英，這樣想著，兩人先後輟學。

七一年，山田隆看到土方巽演出，強烈認同，拜入門下，搬進老師家，解決食宿問題。三個月後，尾竹永子也在同樣情況下，投靠土方巽。兩人認真學藝，白粉塗身登台舞踏，同時也在街頭與警察演出全武行。「向警察丟石頭，」尾竹隆說。永子趕快說：「這段不要寫進文章裡。」尾竹隆拖著添了開水，重新冒煙的茶杯，搖頭說：「現在想想，是不對的，以暴易暴是不對的。」

那晚最後一個節目是四十分鐘的《更迭》。

先是一段拍得變形的舞蹈人體局部特寫的影片。然後，舞台上下起雨來了。嘩啦嘩啦，銀幕布滿水紋，影像益發抽象。影片隱去，黑暗中但聞夏午雨打淺塘的水聲。雨聲漸息，留下更漏般的水滴聲作為舞蹈的配樂。

Eiko濕淋淋的裸身入場。舞台上鋪著紅布，積水鮮紅似血。Eiko背對觀眾，遲緩前進，伏地慢行。時間凝止。血海漣漪中，她翻身爬行，變出萬千影像，使人想起德國表現派的人體素描：曲扭。誇張。渾身痛苦的告白。她爬起來，走了幾步，站穩馬步，慢慢沉為蹲踞之姿，凝住，卻彷彿仍在下沉，彷彿滿台紅水是從她體內流出來的。燈光熄黯後，觀眾突然發覺舞台側牆晃漾著亮晶晶的水影。

Koma伏地入場，遲疑，痛苦，鑽進紅布裡。上舞台乍見燈光搖晃，Eiko掌著一寸火苗蛇行登場，移動之際，彷彿拖負著背後龐大凝固的空間。爬近Koma時，停住，火苗脫手落水，淒的一聲，熄了。水聲噠噠。

Koma掙扎著蠕動，用一世紀的時間從紅布裡爬出來。Eiko伸出腳，頂住他……頂住他，在他仆倒前，搶過去，像抱嬰兒地抱住他。Koma僵著。她力竭，水花四濺地跌進水裡。她伸手去撫觸他，她伸手去撫觸他……突然間，她撲上去，撕出白牙咬住他肩膀……

永子很擔心。三天後要在波士頓演出《更迭》，水來水去，隆的感冒如果還沒好，會很慘。隆幾乎生氣了：「一過四十，一切不相同，年輕時哪有感冒這回事！」

如今他們不興「練功」，不神經兮兮天天踢腿彎腰，保持技術和體能。想動就動一動。永子跳起來，躺到地板上示範，身體各部位像蟲子一樣蠕動起來。事實上，慢動作一定要用到全身內部的肌肉，動作只是浮在水面的小冰山，是力道的百分之十。演出的狀況與練功的關係不大，隆指著腦袋說，主要是心智的全面集中。

永子也同意，過了四十，一切大不相同。「年輕時在歐洲流浪，什麼苦也吃了，從不知疲累。」

跟隨土方巽習藝七個月後，隆與永子出國。因為學運變得很沒意思。左翼與國粹派強烈對立，學生團體忙於內鬥，無法一致對外。社會到底應該如何改善，誰也拿不出辦法。兩人決定去看外邊的大世界，去學習。「直至今天，」永子安靜地說：「我母親仍然不原諒我沒得到她同意就出國。」

大野一雄的老師江口隆哉曾在三〇年代赴德，隨表現派大師瑪麗．魏格曼學習，把新舞蹈的觀念帶回日本，為戰後的舞踏埋下自我創作的種子。如今隆與永子乘船渡海，坐火車橫越西伯利亞。在莫斯科換飛機，到德國去。

他們天真打算街頭賣藝餬口。事實證明行不通，很快夢醒，趕快買了部破車，白天找舞蹈課上，晚上在車上過夜。他們在漢諾瓦找到魏格曼的學生曼加．克米爾，隨她習舞。

錢用完時，兩人打道回府。這回拜在大野一雄門下。三個月後，決定再出國。兩人展開瘋狂大打工，賺取旅費。永子做了二十多種工作。一九七三年，兩人住到阿姆斯特丹，找到機會就演出，也在斯圖卡特現代舞編舞比賽獲獎——早兩年獲獎的女孩子叫碧娜．鮑許。七六年，他們轉赴美國，「因為越戰結束了。」

兩人都喜歡美國的自由。「用英文說話，思考，好像變了一個人，」永子說。「一說日文，所有的規矩都回來了，人也拘謹了。」話雖如此，提起美國的生活，還是很東洋式的：「承蒙大家幫忙，一切還算順利。」只是，窮得不得了，城裡住不起，在鄉下農場住了五年。

那時還沒有孩子，兩人有時教點課，不講技術，而啟發學生去「品嚐」動作；大部分時間閉門創作，往往一年才完成一個作品。

隆和永子說，他們編舞不從動作開始，從一個念頭出發，圍繞主題談論，爭辯不休，把所有的線索，意義，聯想弄得透徹，才尋找動作。弄出一大堆材料，常常只挑十分之一加以剪裁組合。

「我們不覺得自己是專業舞者，」隆說。「生活才是我們的專職，舞蹈只是表達的方式。」

八四年，永子在電視上看到伊索比亞大旱饑荒的新聞片：「那嬰兒的哭聲像蚊子叫。美國的小孩哭起來聲音洪亮、趕盡殺絕，知道哭了一定有東西吃。那非洲小孩的哭聲是死的聲音。」

翌年發表的《渴》已成為當代前衛舞蹈的名作。在刺眼的強光裡，兩人長時間站立——因為走不動。有一段，永子把頭髮湊到隆的臉上，好像要把髮上最後的水分給他。又有一段，隆把頭攢進永子胳肢窩，彷彿在尋找汗液。

這幾年，他們拿顏色作試驗。《米》：白色體系。《樹》是綠的。《更迭》是紅的。《渴》的景幕是一片深褐，斑剝的牆，在千年萬代的烈陽裡晒焦了。兩人經常自製布景，音響，自行設計服裝，「試來試去，真的沒有合適的衣服，才不得不裸體。」永子說。

如今，兩人都懷念農場鄉居的日子。「夜晚來得特別早，特別黑，」隆說。「習慣了以後，看得見黑暗中還是有東西的，也有不同層次的黑。」

自然界的山水樹石鳥獸蟲魚是他們經常發揮的題材。舞評家介紹他們的作品一定提到日本的盆栽與枯山水。有一回，聽說故鄉那棵四百高齡的大樹面臨砍伐的命運，就編了《樹》。在《海豹》裡，兩人模擬海豹引頸高鳴求偶，進而交歡。在《莢》裡，永子像蟲子一樣蠕出莢繭。《蛾》是奇想的舞作，兩人不動如石，偶有動作也沉重萬分，絕無振翅的意象——如果岩石有思想，也許會夢想輕盈如飛蛾吧。在《更迭》的第三段，他們好像變成了青蛙：Eiko雙足腳心貼疊，雙手負背，用肩膀和骨盤拍水前進，水面漂著她的黑髮。Koma生硬學樣，一試再試，終於順利游動起來，一直游到台口一塊綠布上面。一切靜止之後，觀眾逐漸發現Koma的兩片臀肌兀仍脹縮不止，漣漪般地延伸剛才的節奏與水聲，細微的動作使劇場充滿了起伏有致的呼吸的韻律。

八〇年代，隨著日本雄厚的經濟實力，舞踏水漲船高地登上歐美大劇場。土方巽已逝，大野一雄以八十高齡粉墨登場，萬方敬重。年輕一代舞踏團體除「白虎社」等少數團體，已無當年勇猛挑釁之風，白粉塗身翻白眼成為形式，不再是苦悶的象徵，流為異國情調的譁眾取寵。長居歐美的山田隆與永子都在吸收西方觀念之後，反芻為誠懇的發聲，裸體、曖昧的風格之後仍富真情。在內容上，他們徹底簡約性與愛，生與死，人與自然的主題，沒有濫情與包裝。他們的慢動作揭示墨色似的動作層次，靜止中仍有動感，空白裡飽含著張力，內在精力煥為外在動作時則予人雷霆萬鈞的感受。舞評家宣稱，這兩個人重新界定了時間與空間的意義。

七〇年代，歐美舞蹈極簡主義成風，到了八〇年代純動作走到死巷，編舞者開始加入生活的要素。隆與永子作品中的人文特質以及妥貼的呈現，使兩人備受注目；不以異國情調取勝，而是名正言順與歐美一流舞蹈家平起平坐，在歐美著名的舞蹈節與美術館演出，每年定期在紐約推出舞季，也透過錄影和萬千電視觀眾裡裡相見。

一九八九年，去國十六年後，他們終於回日本公演，受到熱烈歡迎。生命彷彿繞了一個圓滿的圈圈，永子覺得自己是幸福的，不免再度感嘆美國真好，連外國人也可以拿到政府和私人機構的藝術補助金，還有這公寓，不然不知怎麼養活兩個孩子！

說著說著，兩個孩子跟「鐘點保母」散步回來了。一個五歲，一個還坐在嬰兒車裡，黑黑的臉頰凍得紅紅，是日本鄉間隨處可見的孩子。

永子說，要做哪國人等他們長大了自己決定，只是日文一定要學好。「我喜歡文學。希望老了以後，可以用母語和孩子討論日本俳歌。」

《更迭》的結尾很短。燈亮後，觀眾看到Koma藏在灰綠的大布下。舞台左下方Eiko背對著觀眾，臀部豐實地側躺。那灰綠的大布像一座山，很慢很慢地朝上舞台移動，Eiko不動如山。水聲停了。許久之後，彷彿一切均已靜止，在極緩極緩的燈光變化下，綠山不動，晶瑩的女體彷彿一絲絲地溶入鮮紅的水裡……

原載一九九〇年五月二十六日《中國時報》

二〇二二年三月　修訂

後來

劇院，郊野，溪流，乃至小卡車都是Eiko與Koma的舞台。他們也以裝置藝術和肢體運動的演出，成為紐約現代美術館、惠特尼當代美術館、明尼阿波利斯的沃克藝術中心這些當代藝術重鎮的常客。九〇年代以降，美國後現代舞蹈名家逐漸凋零，或解散舞團，進入學院教學，或走上商業演出的道路，Eiko與Koma不放棄，不妥協，堅守紐約下城藝術家的崗位。一九九六年，兩人獲頒美國最重要的麥克阿瑟天才獎。到了二十一世紀，這對來自日本的夫妻已成碩果僅存的前衛舞蹈大師，是八〇年代的見證，是長老。

他們還住在時代廣場附近的藝術家公寓。房子堆著布景，因為兩個男孩長大了，更顯擁擠。夫妻有時覺得自己時時外出表演，「不是滿分的好父母」。

孩子小時候偶爾跟父母旅行，當小龍套，也曾跟他們到柬埔寨開工作坊教學。金邊的課程結束後，永子和隆苦痛難眠。戰爭已過二十多年，這個烈日焚人的國家依然尚未復元，青少年仍在街頭遊蕩，舞蹈教學的成績風吹即逝，他們不能一走了之。回美國申請到獎助金後，夫妻倆再回金邊，為少年舞者編舞，組織舞團，見到美國演出，謝幕後拍賣孩子們繪製的布景大畫。製作，兜售節目，帶團巡演，見媒體為柬埔寨年輕人發言，永子和隆忙了三年。幾十場巡演的所有收入交給金邊的

永子在福島 後右方是核熔後停工的福島核電廠／William Johnston攝影 尾竹永子提供

教育基金會，作為獎學金，讓孩子們好好上學。最後，兩個人還自掏腰包，支持一對最有才華的少年舞者到紐約上大學。

他們的大兒子尾竹佑太大學畢業，不讀研究所，不進企業工作，卻跑到柬埔寨當義工，又到印尼教英文，同時培訓年輕教師到鄉村免費教學。這項工程被疫情打斷了，但佑太無意返美經營中產階級的生活，繼續往第三世界跑。

七十多歲的父母擔心了，卻不問是誰給了佑太這樣的榜樣和感召。絮絮唸著，心底憂心驕傲交纏。

二〇一四年，隆舊傷復發，退出舞台。永子開始單飛，簡直狂喜：「終於不必開會，就可以跳舞，想怎麼跳就怎麼跳。」在藝廊、車站、街頭，Eiko穿著和服，披著亂髮起舞，如街民，如鬼魅，彷彿提醒人，生命的脆弱與死亡的無所不在。疫災中，Eiko在教堂，在墳場，緩緩舞動的身影，成為災難中輓悼的象徵。

廣島原爆是日本戰後世代的烙印。永子長年關心核災，甚至在美國大學開課講這題目。三一一福島核熔後，她和攝影家威廉．莊世頓（William Johnston）五度深入災區，在輻射籠罩的廢墟、空街、破屋，在野草蔓生的火車站、輻射廢物堆前，永子孤身起舞，彷彿哀悼，彷彿抗議，然後從兩萬多張舞照，剪輯出四個小時的影片。她決心不讓世人忘掉這個尚未解決的災難。

居民疏散淨空的小鎮，櫻花怒放，紅色和服的永子趴在馬路上，像一灘血。永子抱住和服，仰天望向天空，遠處是核熔後停工的福島核電廠……整部影片沒有語言，永子用畫面，用俳歌般的簡短字幕安安靜靜呈現核災廢墟，震撼人心。

二〇一九年八月，永子第六次到台灣演出，《身在福島》在雲門劇場作世界首演。隨後，圖文編成厚重的《A Body in Fukushima》在德國出版。疫情中永子帶著影片在五十多個城市放映，報告，與觀眾討論。

二〇二二年三月十六日，福島七．三強震那天，《身在福島》的電影正在紐約現代美術館展映，尾竹佑太則在烏茲別克展開英文教學的新旅程。

六〇年代從東京街頭開始的故事仍在進行。

菊花・寶劍・大鼓及其他

與人齊高的壇座霸住半個舞台，四圍欄杆密密吊著紙燈籠。與人齊高的鼓架矗立壇心，擎出一面龐然大鼓。黑亮的鼓面飛著金閃閃的花紋——雷神的徽記，據說是。

兩名漢子紮白頭巾，著白色丁字褲出場，扶梯登壇，隔著大鼓撕開馬步，握住拳頭粗的鼓槌，緩緩伸直雙臂，屏息……

一聲吆喝，兩人齊齊將鼓槌砍進大鼓。石破天驚的「咚！」劇場輕顫。觀眾微微一震，不是肢體的搖晃，是整齊的心跳的合唱。

汗水逐漸洗亮鼓手怒張的肌肉。黑漆的鼓面開始現出灰白的斑痕。鼓聲使觀眾霎眼。鼓聲擂進胸膛，輻射四肢，使人雙頰痙攣。鼓聲擣進小腹、胯間，使人脊椎發麻。鼓聲轟進腦門，震得「四大皆空」。咚咚鼓聲，似雷霆，似海濤，像亙古的號喚，由大地深處冒出，呼嘯過兩千年的歲月，忽急忽緩地充塞了整個空間。整個劇場變成一個大心房，隨著鼓點膨脹收縮……

「十五歲那年，我就決心征服美國！」日本「鬼太鼓座」領導人田隆安這樣對記者說。

五月裡，田隆安帶了十七位團員，到紐約舉行兩週的公演。他沒有征服紐約。

春天是紐約表演藝術的旺季。大都會歌劇院的美國芭蕾舞劇團，州劇院的紐約市芭蕾舞團，市中心劇場的艾利舞團，以及卡內基音樂廳，艾麗絲．朵麗廳的音樂演奏抓住了一般的觀眾。「鬼太鼓座」賣座不佳。然而，田隆安與其團員的傳奇生涯占去了不少報章篇幅，為日本民藝大作廣告，引起許多人的嘖嘖讚歎。

二十世紀，七〇年代，這群人在一個海隅小島營公社生活，禁慾，苦修，日日擊鼓，天天跨山越嶺馬拉松長跑。

幾百年來，佐渡島一直是個放逐流亡的處所。距離東京兩百七十多公里的小島山多平原少，沒火車，沒有重工業，島民以漁耕維生。四季海風勁烈，冬日天寒地凍，簡直就像傳說中的惡魔島。

就在一個廢棄的小學裡，「鬼太鼓座」過著早起早睡，不問世事的生活。清晨五點，全體起床上路，跑十公里。回家燒飯，勞動，練習打鼓，吹笛，歌舞。午後再跑個二三十公里，天黑了，上床。

「打鼓、跳舞、跑步使人精神奮發，頭腦清醒。」田隆安說。

從一個流亡青年到國際聞名的「鬼太鼓座」領導人，田隆安的故事的確是個傳奇。

二次大戰後，田隆安是個熱愛中國文學的大學一年級學生。憎恨美國的「占領」，他策動校園示威，而為警方搜緝。他開始逃亡。「走，走，走，離開一個地方到另一個地方，竟成為我做事的精力來源。」最後，他在佐渡島落腳。

無家可歸，無處可投，沒有目標，沒有前途。年輕的田隆安開始跟佐渡島民學習打鼓，在原始的鼓聲中找到發洩的對象，找到精神的寄託。

「擊鼓，不是打鼓，而是擊鼓，」四十多歲的田隆安說。「這是你和鼓，和自己的一場戰爭。鼓和其他樂器不同。鼓不是給人玩的，不用來娛樂。我們相信鼓裡頭有位女神，你要虔誠用力去擂擊，祂才會顯靈。」

在東方，鼓與宗教、祭儀是分不開的。在日本，鼓與死亡經常連在一起，用在戰場，用來招魂。人們不輕易打鼓，把鼓搬出來，必是大事臨頭。

田隆安講了一個故事，說明鼓的神聖與嚴肅性：

> 兩個村子共飲一條河水。旱災來了，河水稀少，兩村共飲勢必同歸於盡。村民乃約誓擊鼓競技，決定河水的飲用權。東村代表支持到最後，挽救了全村人的性命。西村代表不支倒地，注定了村人死亡的命運。

「最好的鼓手總是無法安享高壽。」田隆安說。

然而，擊鼓是「鬼太鼓座」十六位二十歲出頭男女團員生命的重心。這些年輕人大都是日本社會的自我放逐者。他們憎恨現代社會的功利與混亂。他們不甘作大企業的小螺絲。他們反美。這種對現實的憤怒與不滿正是田隆安二十多年前的心態。步田隆安的後塵，他們一個個到達佐渡島。

田隆安教他們打鼓。擊鼓所需要的體力和規範，使他們的精神與精力找到安頓、奉獻的目標。

「年輕人絕不是財經集團的對手，」田隆安說。「他們轉向藝術。為了不寂寞，他們成立公社，經營團體生活。」

至於長跑，那是偶然發生的。一個新年，他們以馬拉松賽跑來慶祝，結果發現大多數人連三、四公里也跑不了。這以後，長跑就變成他們的日常生活的一部分。「從表面來看，跑步和擊鼓是風馬牛不相及的。」田隆安說：「但是，你慢慢發現它們是一件事。呼吸的節奏，跑步的節奏，音樂的節奏，體力的鍛鍊，恆心與毅力的培養。它們相輔相成。」

宣傳上說，這群人是禁慾的。田隆安表示，園裡並沒有這樣的規矩。這只是自然形成的。他說團員們天天相處，性的話題反倒使他們靦腆。他補充：「鼓是女性的，鼓槌是陽性……你依著當時的心情，溫柔緩敲，或者激烈亢奮……」

記者問及「鬼太鼓座」是否帶有宗教性。田隆安笑了：「你可以說有，也可以說沒有。不過這裡面沒有佛教，沒有禪宗……」

話鋒一轉：「擊鼓或跑步都使你感覺到一份精力的存在。長跑歸來，打完鼓，你覺得自己比以前強，比以前有力。特別是你打完鼓去跑二三十公里，在風中，在雨中，流汗，喘氣，然後回來洗個熱水澡。這個熱水澡真是意義深長，艱苦的規範與鍛鍊把你撕成一片片，却簡化了生活，澄清了雜念！」

三位女團員之一的洋子說：「我們都覺得在這種生活裡有所收穫，可是每個人得到的都不一樣。」

鬼太鼓在南瀛國際民俗藝術節演出 2016／
劉瑞如攝影 臺南市政府文化局提供

「對我而言，」田隆安說：「我們的演出，並不專注於表現日本民藝，不是表演鼓技，甚至不是呈現音樂，主要是闡述一個人如何選擇自己的生活方式。」

這項混合體育與藝術，肉體與精神的生活哲學吸引了不少人，一九七〇年，「鬼太鼓座」成立之初，田隆安帶領幾位門人慘澹經營。打鼓只為磨練心志，並沒有表演的打算。他們的事蹟飄洋渡海，到了日本本土，政府與民間基金會開始支援。年輕人由日本、美國、英國各地風聞而來，要求參加。田隆安來者不拒。大多數人知難而退。一個美國青年在成為正式團員一年後，受不了，要求退出。幾位初到時不會打鼓，經不起長跑的日本青年留下來，成為「鬼太鼓座」的中堅份子。

一九七五年，日本政府把他們送到波士頓參加馬拉松賽跑，又到檀格塢（Tanglewood）音樂節，在小澤征爾指揮下，與波士頓交響樂團並肩演出。

倫敦、柏林、布魯塞爾、多倫多、蒙瑞爾、洛杉磯……三四年來，「鬼太鼓座」在日本政府與民間支持下，鼓聲響遍歐美兩洲，贏得一片好評，並且每年一度遠渡重洋參加波士頓的賽跑。長跑之後「鬼太鼓座」的團員，鼓起餘勇，在市區廣場上揮汗擊鼓，已經成為波士頓馬拉松的傳統。

法國有名有錢的服裝設計師皮爾．卡登邀請他們到巴黎，在他一手建立的劇場演出，又把他們帶到競爭最激烈，最受矚目的紐約來。「鬼太鼓座」先到波士頓做第四次馬拉松之後，再到紐約上台表演。

如今「鬼太鼓座」一年中，有大半的時間在日本各地與海外旅行表演。田隆安依然堅持清修的生活，到了任何地方，跑步、練鼓如常。演出後，大家動手收拾道具。對於觀眾的賀喜與讚美，只有客氣的「謝謝！」沒有矜持或喜悅，彷彿他們的樂趣與安慰，通通在打鼓這項工作中完成了，其餘的一切都是多餘，不重要的。他們把演出的報酬積存起來，成立基金會，計畫在佐渡島上創辦日本民間藝能學校，來保存發揚日本的鄉土表演藝術。

田隆安還有一段遠路好走。

這次在紐約排出的節目包括舞蹈、民歌、三弦、尺八、短笛、古琴與鼓的表演。有些受了歌舞伎與文樂傀儡戲的影響。大部分保存民藝純樸的面目。民間藝術絕對是歷經淘汰遺存下來的神品，但移植到舞台上，一不小心就失去了原有的活力。群眾的歌舞變為獨奏或三四人的小舞，感人的效力將大打折扣。

「鬼太鼓座」團員不多，在這點上吃了大虧。以技藝而言，與日本「人間文化財」相較望塵莫及，甚至趕不上一般專業的舞者或音樂家。大部分的節目因此顯得呆板單薄。幸而，鼓聲壓住了場。

除了那面由一個大樹幹，以傳統技術製成，重達七百磅的「鬼太鼓」之外，他們也展示了幾個大小不一音色各殊的鼓。除了演奏民間鼓調，他們也演奏了現代音樂家的作品。

上半場的壓軸〈單色畫二號〉（*Monochrome II*），掀起觀眾瘋狂的掌聲與熱烈的喝采。這是石井真木為這個團體而寫的打擊樂曲，以鼓為主，只有兩三次輕敲銅鑼，一九六七年在柏林音樂節首演，就受到好評。

「鬼太鼓」的演奏是豪情奔放的大地之聲。〈單色畫二號〉則是表面單純，骨子裡工心計，深藏不露的世故作品，效果足以攝魂掠魄。

七面小鼓一字排開。鼓手握住鼓槌，盤腿而坐，專注的臉孔毫無表情。一分鐘，兩分鐘過去了，依然毫無動靜。在難耐的等待中，只感覺到空氣中有一份不安的騷動。側耳傾聽，是極輕微極單調的音響。凝神細看，才發現坐在中央的鼓手，眼觀鼻，鼻觀心，全心全意地輕敲小鼓。

單調的鼓聲延續到令人窒息的地步。慢慢加強，咚咚如貨郎手裡的波浪鼓。另一個小鼓加入。夏午的驟雨打在鉛皮屋頂。另一個小鼓加入，另一個……是暴雨，打在屋頂上，打在水池，打在汪洋上，興風作浪，沒完沒了……突如其來，七人一齊揚手，止了，彷彿急煞車，觀眾震晃了。就這樣，一番換湯不換藥地變奏，觀眾不由自主地跟著走，毫無選擇餘地地被拋棄了……

演奏到了高潮，三名鼓手移位到斜置的大鼓前坐下，撕去上衣，直直伸出雙腳，緊緊夾住鼓身。揮起鼓槌，上身猛猛後仰，頓住。一聲慘叫，猛獸出襲似地撲向鼓面，迅捷猛退，後仰，出手擂鼓！

三面大鼓深沉神祕地對唱起來。起伏有致地輪唱。帶著獸性的狂喜合唱。鼓手一直保持那與地板成六十度的後仰之姿，把力量由鋼鐵的小腹和腰肢向上挺送，透過肩胛、手臂，朝鼓面猛擊。一言不合，大鼓衝突起來。鼓手瞪著眼，撕開嘴巴，咬住白牙，肌肉怒張，揮汗如雨。憤怒的鼓聲拽著觀眾的頭髮往前走。五面小鼓加入了，痙攣地，槍林彈雨地押在身後。就這樣狂遽，火爆，前拖後逼，使勁再使勁地往前推往上拔，往上拔……

「音樂創造心靈，」身高五呎的田隆安說：「我希望觀眾聽到，看到，經驗到我們的鼓聲。」

忽然讀懂了那鼓聲裡的恐怖！

是那樣的心靈，那樣的鼓聲，敲出了黛敏郎，武滿徹這樣的作曲家，小澤征爾這樣的指揮家，美國芭蕾舞團的首席舞星森下洋子，以及數不清的在紐約與世界大城各行各業的日本藝術家。

這樣的鼓聲敲出了豐田汽車，新力牌電視機，三洋牌洗衣機，資生堂化妝品，乃至中山北路成行的東洋風咖啡店……將日幣敲得升值再升值。

在最激烈的情況下，這樣的鼓聲也曾敲出神風特攻隊，南京大屠殺……

這個一手菊花，一手劍的民族不難瞭解。只要聽聽那鼓聲！

原載一九七八年六月十四日《中國時報》

輯五

激流怎能為倒影造像

側寫林克華

一九七三年，雲門在中山堂的台北首演，驚險萬狀。舞台地板打蠟，因為平時是用來開會的，用無數瓶可樂洗刷，才勉強可以跳舞。燈光器材是零，必須外租。幾根竹子綑綁起來就是燈桿，鋼鐵的燈具吊上去，竹竿沉沉下墜。那時沒人想到竹竿斷了，燈掉下來怎麼辦。控制燈光漸明漸暗的dimmer是一個鋸齒狀的鐵盤，把手一轉火光四射，比舞台上的燈光變化更具戲劇效果。

雲門在世界各國巡演，製作的精美度備受讚美。歐美歌劇院技術總監或白髮工作人員，常在演出後向我道賀，說我們技術團隊的能力與工作熱忱是少見的無懈可擊。

二〇〇三年，張維文策展的台灣館，在第十屆布拉格劇場設計四年展獲第二獎。同年，《南德日報》的《行草》舞評以長段篇幅描述「會呼吸的燈光」，宣稱「毫無疑問，張贊桃是當今劇場界最優秀的燈光設計家。」外人不知道張贊桃和張維文是林克華「拉拔帶大」的弟弟妹妹，也不曉得二〇一四年以《稻禾》，二〇一八以《關於島嶼》先後獲頒英國劇場年度大獎「光明騎士獎」的王奕盛和周東彥都是林克華在台北藝術大學的學生。

篳路藍縷數十年，在雲門和台灣劇場技術的奮鬥與發展中，林克華是承先啟後的關鍵性人物。

雲門首演季，原先答應設計燈光的聶光炎先生因故無法參加，推薦他在文化學院教過的侯啟平執行。在侯啟平的鼓吹下，文化的同學，學長帶學弟，開始加入雲門後台的工作。由於這個因緣，文化戲劇系人成為七八〇年代，台灣劇場技術界的主流。

聶光炎的學生林克華就是在侯啟平吆喝下踩進劇場界。

一九七九年，雲門首度赴美巡演，八週內在四十一個城市演出，行話叫做one night stand，行程緊湊到使人活不下去。舞者很累，而要裝台、拆台、執行演出的技術組員更是苦不堪言。侯啟平生了一場病，住進醫院，出院後宣布太太懷孕，他必須回台北。戲還得演下去，燈光助理林克華和舞台監督詹惠登臨危受命，撐下去。

我永遠記得在紐約那個早上。前夜拆台到一點鐘，清晨五點，克華與惠登必須先出發到下個城市裝台。我買了咖啡和甜甜圈送他們上車，咖啡蒸氣後，兩個人的眼睛還無法打開。

看到人家的劇場、設備、制度，我們羨慕之餘，也有見賢思齊迎頭趕上的志氣。

冬夜，舞團流落到一個鳥不生蛋的荒郊野外。累垮的三個人在汽車旅館裡，抱住熱茶沉吟，我們決定回去要成立實驗劇場，展開技術人員的訓練，不只是解決雲門的需要，也為陸續興建的各地文化中心儲備人才。後來文化中心陸續啟用，卻不以專業劇場經營，實驗劇場出身的人不具公務員資格，沒能即時進去幫上忙。但，七〇年代的我們真的這樣想，這樣天真熱情地想。

一九八〇年，雲門實驗劇場在吳靜吉的領導，林克華、詹惠登的規畫推動下，在大稻埕的甘谷街成立。

那年，克華和惠登二十七歲。

大稻埕小房舍裡的雲門實驗劇場 1980／王友輝攝影

台灣舞台燈光長期處在強光照明，或加染紅綠紫藍的境界。一九六五年，聶光炎先生從夏威夷大學學成，帶回現代劇場的觀念。聶老師摩頂放踵在各校兼課，啟發了許多戲劇系學生。但學校沒有設備，實習就只限於系上在藝術館推出年度大戲時才摩拳擦掌大幹一番。雲門實驗劇場希望彌補這個缺憾。

克華、惠登把聶先生傳授的種種規範一一付諸實行。學員從折大幕、理電纜、拖地板幹起，克華心思縝密，鉅細無遺地要求，連器材道具如何堆整在貨車車廂裡，都折騰再三，一定要找出最理想的裝車規格。

動手動腳外，克華、惠登還請出老師聶光炎，還有黃永洪、奚淞、蔣勳等人為學員授課。大家坐在小板凳上，肩挨著肩，卻也沒聽到抱怨。外國團隊來台演出，詹惠登率領兄弟進劇場當幫手，看人家怎麼打燈光、吊布景、呈現作品，然後回家討論，吸收。

克華自己則邊學邊賣，勤讀英文書刊，把劇場術語翻成中文，把燈光觀念在小劇場試驗再三。那是台灣最早的小劇場之一。蔡明亮，王友輝就在這十幾坪的場地，推出他們最早的創作。

雲門沒錢，省吃儉用，擠出一點經費，才好不容易從美國買了幾個 Leko 聚光燈。燈具抵台那天，幾位好漢起大早去基隆迎接台灣最早的 Leko 燈具。看到美國劇場都有舞台塑膠地板，克華請兩家塑膠工廠製作，結果成品凹凸起伏如浪，又轉向台塑哀求，折騰兩年，終於製作出台灣第一代舞台塑膠地板。今天劇場界的年輕朋友大概無法想像那樣的窘迫，也沒有福氣去領略那種期待，奮鬥，和圓夢的喜悅吧。

八〇年代初期，克華、惠登和實驗劇場的兄弟姊妹，與雲門在台灣各地體育館和青年公園搭台演出《薪傳》、《廖添丁》這樣的大戲，也在一九八一年攜手熬過九十天，七十一城，七十三場的歐洲苦旅。大家在苦難中磨練，在克服挑戰的驕傲中成長。

那是個災難的年代。作曲家音樂會遲交，後續的錄音、編舞、排練、布景、燈光設計的時間隨著骨牌延後，緊縮。服裝會在首演前半小時才送到戲院，舞者穿了就上台。公家劇場時間一到就關燈趕人。租好的場地臨時要讓出半天給公家開大會。西方音樂家在國父紀念館大舞台開始演奏，老鼠從鋼琴跳出來。住在藝術館後台的老伯伯會在演出中橫穿舞台，把所有舞者，觀眾和他自己嚇一跳。

遲至一九九〇年，九十六歲的瑪莎·葛蘭姆率團在三歲的國家戲劇院演出經典名作《夜旅》，舞至高潮，電腦故障，舞台燈光熄滅，全場驚呼。捱過窒息的等待後，電腦活過來，《夜旅》從頭重演，快到結尾，舞台再度陷入黑暗，演出被迫結

雲門在台中體育專科學校為《廖添丁》搭台　布景是聶光炎先生設計的大稻埕霞海城隍廟前的街景，1979／林柏樑攝影

束，力竭心碎的女主角罵聲連連。

有時工作意外順利，場館燈控卻把電腦裡的燈序搞錯，只得重來，又會做到中午十一點半就離席去吃飯，劇場裡因此要大呼小叫，準備一場演出，好像在打仗。兵荒馬亂中，技術工作必須就緒。所有災難的飽和壓力往往落在燈光設計者身上。

燈光設計在家裡完成：規畫好至少一百多盞燈的位置，分配每盞燈的色紙，每個變化的燈具組合，明細亮度，以及亮起和黯去的秒數……進劇院裝台，裝燈，調燈，把每個變化走一次，然後演員走台，技術排練，彩排，燈光跟著走，設計家記下所有缺失。開幕兩小時前，舞者和技術人員去吃飯，暖身，燈光設計家要在有限的時間，音響試音的隆隆巨響中，完成燈光修正。林克華總是處變不驚在觀眾進場前最後一分鐘才把燈光搞定。我只能在幕起後才看到燈光最終的面貌。就在這樣的氛圍裡，旁觀克華的設計，我慢慢知曉了燈光這回事。

雲門常用奇怪的布景和特殊燈光。理由很簡單，實驗劇場，以及「畢業」後加入雲門技術組的兄弟需要經驗，渴望挑戰。於是種種舞台點子丟到會議桌上。長期演變下來，我和技術組就玩起出招接招的互動。我看他們如何把我的點子落實為舞台景象，他們睜大眼睛看我如何運用布景和燈光進行舞蹈。

一九八四年的《春之祭禮》，我用幻燈當背景，克華設法把舞台燈光控制得恰到好處，才不致於「洗去」影像。第二年的《夢土》，幻燈投影跑到台前的紗幕，他又得找到舞者與敦煌圖像和平共存的燈光臨界點。書本沒有教這些，克華必須發揮他的聰明才智。《夢土》用幻燈是因為《春之祭禮》已經買了幻燈機，因此必須再使用。精打細算，這就是雲門。然而，在器材的限制裡，我們一再深耕，累積了經驗，才會發展出一九九七年的《家族合唱》，乃至二十一世紀的《行草》、《風影》、《稻禾》、《白水》、《屋漏痕》、《關於島嶼》這類運用投影的舞作。

林克華這段摸索自學，逢山開路，遇水架橋的歷程，到一九八三年的《紅樓夢》有了大挫折，也因此有了轉機。

那是雲門十週年的製作。克華說，我們找李名覺設計舞台，給我們挑戰。李名覺先生是美國劇場界最重要的舞台設計家，長年與大都會歌劇院、百老匯、瑪莎・葛蘭姆舞團合作。那是天外天的神祇。我請紐約的朋友從電話簿找出李先生的住址，跟他寫信，不敢期待回音。沒料到李先生很快回信，邀我去紐約談談。八二年巴黎龐畢度美術館的演出結束，我飛紐約。聽我說完舞劇的構想，李先生說他中文全忘了，《紅樓夢》只知書名，但他願意設計。

李名覺先生的設計是簡單至極的精品：橫貫舞台，染成不同顏色的薄紗，分成幾組，交疊升降，喻示四季的流轉。

薄紗不重，但每條綿延十六公尺，如何繃得平整而不在中間垂落就成了林克華睡不著的課題。《紅樓夢》是社教館開館首演的節目，演出前一天施工的垃圾還未清除完畢。歐美的歌劇院為了架景，舞台地板釘來釘去，社教館嶄新的地板雖未如當年中山堂打蠟，卻不許釘一根釘子。不能釘釘子固定撐張布條的結構，林克華用盡所有懸吊的知識，仍然無法阻擋布條在演出中逐漸臣服於地心引力的悲劇。觀眾席中的李名覺雙手掩住了臉。

大師降臨台北，我們都希望李先生滿意，可以得到他的認可，卻無法逃避已經造成的傷害。李名覺帶來「外面」的標準，讓我們「見光死」，看到自己的不足。

一九九三，雲門二十週年的《九歌》，李名覺放大林玉山先生的《蓮池》局部，設計了硬景，樂池改裝為真水鮮荷的池塘。這回的呈現，李先生滿意至極，回到美國不斷告訴人台灣劇場界的進步。只要雲門邀請，李先生一定排出時間，全力以赴：一九九七年的《家族合唱》以及千禧年前夕首演的《焚松》，還為我在奧地利導演的歌劇《羅生門》設計舞台。

從《紅樓夢》到《九歌》的十年，是林克華的苦學歲月。

《紅樓夢》的布條雖未完美呈現，但李名覺看到克華燈光設計的成績，認為這個孩子有潛力，鼓勵他赴美進修。一九八六年，李名覺擔任系主任的耶魯大學戲劇研究所劇場設計系就這樣收了第一個台灣學生。

一九八八年，雲門暫停，實驗劇場跟著畫下休止符。八十多位在匱乏環境下學習成長的年輕朋友，今天大部分仍然從事劇場有關的工作：或進場館任職，或留學歸來，在學院執教，有幾位創辦舞台技術公司，成為台灣表演藝術的中堅。其中溫慧玟擔任雲門行政總監十五年後，創辦了雲門舞蹈教室。葉芠芠接替慧玟，職掌雲門總監之職十八年才退休。出身雲門技術組的郭遠仙，二〇一八年擔任高雄衛武營國家藝術文化中心的經理兼副總監。曾任雲門技術總監多年的王孟超則於二〇二二年出任台北表演藝術中心執行長。

到了耶魯，克華隨李名覺學舞台設計，從美國劇場燈光第一把交椅的珍妮佛．提普頓（Jennifer Tipton）習燈光設計。列於大師門下，克華拚了。耶魯教設計不問你有多少點子，而問點子從哪裡來，那是個講究文本，提倡作者論的設計場域。在台灣土法煉鋼多年，到了美國克華才得到有系統地掌握西方劇場思維的機會。

劇場界戲稱擅於在課堂上以生動意象鼓舞學生的聶光炎先生為「聶演講」，說起話來不知休止的林克華為「林聊」。學成歸來的克華更有自信，講起劇場更有道

林克華設計燈光的《九歌》中〈湘夫人〉1993／劉振祥攝影

理，在台北藝術大學戲劇系上起課來不講三、四小時，絕不會下課。可是他有條有理地旁徵博引，總能激發創意，比起雲門實驗劇場時代，那是另一種風景，另一種高度。

在設計實務方面，克華回國後幾乎包辦了台灣重要製作的一大半。七〇年代，從外國團隊學步，如今台灣團隊可以體體面面出國，不再one night stand，而是在重要的國際藝術節做一週的演出。這二、三十年的蛻變，林克華全程參與。

眾多長年國際巡演的雲門舞作，當代傳奇《慾望城國》到倫敦國家劇院，優劇場《海潮音》到亞維農藝術節，漢唐樂府《豔歌行》到里昂雙年舞蹈節，林克華從提創意，到「搞布景」、「打燈光」的「整體包裝」，使這些出國的製作，都能光燦奪目。

一九九五年，《九歌》在紐約下一波藝術節轟動演出，李名覺的舞台設計贏得美國劇場最重要的「貝西獎」。首演夜，珍妮佛．提普頓來看舞，讚許克華的燈光設計，甚至說燈光有峇里島的氛圍——她不曉得克華真的去過峇里島做功課。處事低調的提普頓興致很好，甚至和雲門大伙兒去宵夜。

世界級的燈光大師，令人敬畏的嚴師點頭肯定，想必是生命中難忘的一夜，克華應覺飄飄然，連我翻身睡去前也帶著微笑。

林克華／CSID室內設計協會提供

克華是設計家。設計家的潔癖他與生俱來，衣領永遠燙平，櫥裡內衣疊得像百貨公司專櫃，桌子必須光潔，開會時常見他拿著衛生紙擦來擦去，確保一塵不染。

他設計的燈光乾淨剔透，風格完整，有如劇場設計系的教科書，完美，合理，可以分析，可以拿來當教學範本。

他的準備工作比李名覺還過度。為了《行草》的書法幻燈片，克華搜盡字帖，選出七百多張圖像——最後只用了二十張。燈光的色調，明暗，起承轉合，他都可以根據文本說出一套道理。而燈光變化的執行點cue，林氏法則是「加法」，力求精緻，因而數量龐大，好像他可以有一個禮拜的時間在劇院做cue修cue。

進了分秒必爭的劇場，天秤座的克華龜毛斟酌每個cue在台上的效果，修訂再三。有時到了彩排，燈仍未做完。不管做完沒有，觀眾進場前，他真的搞定、修好。他可以非常快捷，卻也臨危不懼，不慌不忙，他的手錶走得比別人的慢，首演夜有時就在觀眾席中昏睡過去，忽又驚醒，聚精會神地做筆記。

克華長期處在睡眠不足的狀態。

舞台、燈光設計之外，他設計劇場。當年《紅樓夢》懸吊不及格的克華，耶魯歸來後，成立乙太設計公司，「整出」台灣花費最低，專業效果最好的劇院：國立台北藝術大學的戲劇廳和舞蹈廳、宜蘭演藝廳、員林演藝廳、嘉義縣表演藝術中

林克華設計的《風・影》終結〈黑洞〉2006／劉振祥攝影

心、衛武營國家藝術文化中心、雲門劇場……坐在最後一排，覺得舞台就貼在你臉前。我不知他如何辦到，只能肅然起敬。

乙太並不賺錢。招標、設計、審圖、發包、驗收……克華有開不完的會，搞不完的折衝溝通，政府工程總是延宕，酬勞跟著拖兩三年是常事，最終往往毫無利潤可言。捉襟見肘時，同仁發薪，克華的酬勞「欠著」，有進帳才補發。

問他為什麼要蠟燒兩頭「蓋劇場」，他的回答很簡單：國家劇院的舞台是德國規畫公司拿了早在德國建造的劇場圖複製在宮殿式的外殼裡，早期文化中心蓋了建築硬體，沒有關照劇場演出的需求，亡羊補牢花錢改善仍有遺憾。台灣新劇場不能再淪陷。他使命感十足地幹下去，當年要為文化中心培植劇場人才的那分關心和熱情，過了四十多年未有稍減。

因為關心，不放心，或推不掉，他也攬了大大小小的設計和顧問的工作到身上，去開更多大大小小的會。被譽為「最重要的華人劇場設計大師之一」後，克華趕場的項目也擴展到大陸和東南亞。

腦筋好，有才華，學識淵博，燈光，音響，建築，音樂，美術，巴洛克，後現代，他不能談的事很少。克華生性溫和，與人為善，完全沒有劇場大老的作派，很少說No。乙太成為劇場界的免費諮詢中心。回答問題，他搬書，找圖，為你分析各種做法的利弊，必須注意的陷阱，好像那是他的設計項目。若問他義大利麵怎麼燒，或紅酒如何分辨優劣，只要你願意聽，他也可以給你兩小時。

然後，他誤了下個約會。偏偏他行程緊湊，遲到是骨牌效應，連到劇場工作也會遲到。作為一個朋友，老師，工作夥伴，林克華沒話說，除了讓人「望穿秋水」。連溫厚寡言的張贊桃也說：「我認識克華二十年，有十年的時間是在等他。」

其實，遲到最大的受害者是克華本人。一路遲下來，他只好熬夜加班，然後起不來，又誤了第二天行程。疫情解救了等著和他開會的乙太同仁——從床上爬起來，打開電腦視訊，不需太多時間。

林克華七十歲，沒有熬夜的本錢了。

這篇文章原是為《舞臺光景：林克華的設計與沉思》（二〇〇三，遠流出版）寫的序文，編輯囑我充實更新。我應該坐直了，講他的藝術造詣，最好也能引經據典，不料前塵往事忽忽來到眼前，才發現我們從未好好溫習這些古代的事，也很久沒坐下來聊天。

我們太忙了。

七十，是累積了經驗，出手最準確，創作最成熟的年紀。

Leko的燈在台灣早不稀奇。設備，機會皆已俱全。體力差了，責任也重了，大概不能再以七八〇年代的「革命狂熱」，風風火火地藝事、國事、天下事，事事躬親。

能不能把自己管好，沉下心來，只把一兩件事做到最最最好？

我勸著克華，其實是說給自己聽。

謹以瘂弦詩句與克華互惕：

激流怎能為倒影造像？

二〇〇三年《舞臺光景：林克華的設計與沉思》序文

二〇二一大疫年修訂 八里

一通沒人接聽的電話

《家族合唱》創作始末

五歲那年，我問母親，我在哪裡出生。「嘉義病院。」嘉義病院我知道，從家裡十分鐘就可以走到。我又問，我出生時乖不乖？「很乖，每次抱你躲到地下室，都不哭。」為什麼到地下室？「外面亂了，」她說。

六歲那年，我從五斗櫃翻出照相簿，赫然發現母親穿著和服的半身照，還有父親披著黑斗篷站在大學門口的大照片，像日本片裡的俳優。母親只說那是在東京拍的。她笑著把照相簿收起來，叫我以後不要亂翻。再看到母親的相簿，是我三十歲以後的事。

隔壁洪先生是遠房堂叔，留學中國，嬸嬸穿著陰丹士林布的旗袍。他們家的相簿另有一番風景。嬸嬸指點照片，告訴我一些奇怪的地名：北海，天橋，頤和園……嬸嬸天天下麵條，也常包餃子。母親愛煎菜脯蛋，有時用黃蘿蔔和肉鬆捲壽司給我們吃。小孩看電影不用票，大家族裡大人多，我常跟著上電影院。父母親帶我看《丹下左膳》、《翠堤春曉》。嬸嬸帶我去看了一部國語片，有個大眼睛姑娘動不動就甩辮子，一直在喊：「爺爺！爺爺！」多年之後，我才發現那是沈從文《邊城》改編的《翠翠》，林黛的成名作。

「外面亂了，」母親說。多年之後，我才發現我出生不久後的那個動亂，便是二二八。

二二八，我模模糊糊知道一點。族裡那位三十歲就哭壞身體，哭白了頭髮的三嬸仔的先生，我的堂叔，就在二二八後無故失蹤。直到去世之前，她始終相信，門開處，他就要回來。夜深後，在我昏睡後又驚醒的迷濛裡，大人壓低聲音，夾著嘆息，談起嘉義驛前的槍決。

對白色恐怖，對二二八，對台灣的認識，我用了很多年，特別是在美國讀書那三年，一點一點慢慢拼組起來。解嚴後，文獻大量問世，我抓到什麼，就讀什麼。

與台灣史料重見天日平行發展的是老照片的出土。

尋常國家，老照片是現今生活的一部分，從明信片到書籍到海報到公共場所的裝飾，無所不在，個人從照片的河流裡找到自己的定位，族群在照片裡歸納出美的典型。

光復後，剛剛打完八年對日戰爭的國民政府，不遺餘力地消除日治時代留在台灣的遺跡，二二八以及隨後的白色恐怖，更使民眾不敢輕舉妄動。光復前的圖像長期由媒體，由社會失蹤。我終於明白，童年時母親要求我不要亂翻照相簿的隱情。

一九九四年，故鄉新港文教基金會發動鄉親搜尋老照片，舉辦「親近新港」攝影展。百張照片見證了十九世紀末到今天的百年庶民史。鄉民扶老攜幼，旅外新港人兼程返鄉，把會場擠得水洩不通。地方耆老容光煥發地指點照片，為小輩陳述家族與新港的歷史，彷彿照片公諸於世，他們的青春，他們悲喜交集的生命才有了具體的證據。這次展覽看得我驚心動魄，每份圖像都與我血肉相連。活到四十幾歲，初睹故鄉百年圖像，全然新鮮的經驗，不是懷舊，是「新發現」，生命突然有了完整的「記憶」，有了一份強烈而複雜的歸屬感。

我渴望能把這樣的感動和更多人分享，希望能將老照片用大幅幻燈在舞台上「頂天立地」地呈現。我開始蒐集老照片，同時決定把舞蹈題名《家族合唱》。

蒐集到兩千多張老照片，包容了各個族群在不同時代的留影。長袍馬褂留著辮子的仕紳，在簷前與家人團圓合照。日軍在操場上升起了太陽旗。大陳撤退，憂心的父親抱住幼兒走下軍艦。二二八在大稻埕留下一輛殘破的轎車。遊行的學生撐起漫漫似海的蔣中正肖像。水災過後，一個婦人坐在泥濘裡號啕大哭。一家六口合騎一輛摩托車。榮民撩開衣裳亮出愛國口號的刺青。遊行的隊伍中一幅毛筆大字的「獨」……

每個時代都有天真的嬰兒，有嬌柔的青春，有人結婚，有人去世。所有的臉龐都有一份素樸耿直的神情——直到八〇年代。

朋友給我一部完整的家族相簿，年代最早的一張是在酒泉的結婚照。在台灣他們為孩子的週歲點起一根蠟燭，他們送孩子上幼稚園，送孩子到車站坐火車入伍當兵……他們逐漸衰老——他們的相簿流到二手書攤。

眾多照片裡，最讓我著迷低迴的是一些年輕的容顏，眉宇之際閃著英氣，嘴角有一絲堅持。林茂生，陳炘，陳澄波，潘木枝，阮朝日，郭琇琮……青春圖像竟是最後的遺照。午夜端詳這些肖像，我渴望和他們交談。而那渴望，就像一通沒人接聽的電話，無止境地響在深夜的大海上。

「因為外面亂了。」經過將近四十年的歲月，像剝去層層筍皮，終於，我面對了一項事實：代表嘉義市民到水上機場和國軍協商而被逮捕的畫家陳澄波等前輩，也許就在我被抱到病院地下室的時候，在嘉義火車站前慘遭槍決。每思及此，我悚然驚動，甚至無由地歉疚起來。

我重新閱讀台灣近代史料，在台北，在雲門海外巡演的劇院，旅館和飛機上尋思《家族合唱》何去何從，面對代表百年歷史的照片，我到底要說什麼？

台灣是個女人。從荷蘭殖民到明鄭，滿清，日治，到國民政府遷台，台灣人民從未有發言權，只像是被送作堆的舊時代弱女子，悲情而無奈。

台灣近代史裡，充滿了堅持的女性。丈夫滿腔熱血或無妄地消失後，女人嚥下苦楚，勉力持家養大孩子，同時活下來，在新的時代裡，宣述了教科書與媒體不曾記載的台灣歷史。

女性的獨舞成為《家族合唱》的重要特色。然後我在一大堆動作材料裡摸索，無法決定所有動作的溫度與調性。《薪傳》十九年之後的台灣，使我無法再以沸騰的熱力來擁抱歷史。白曉燕事件給了我重大的刺激。白冰冰住家前面，擠滿販賣香腸的攤販和販賣新聞的媒體。是的，我們急躁，不安，而且冷漠面對悲劇；面對歷史，我們冷漠，因此健忘。是的，我也是那賣香腸，或那邊吃香腸冷心冷眼看熱鬧的「路人」。我嚥下對世界和自己的厭惡，讓雲門舞者不苟言笑地起舞。

編作斷斷續續在八里和歐洲的城市進行，在我完全瞭然之前，排練場安安靜靜

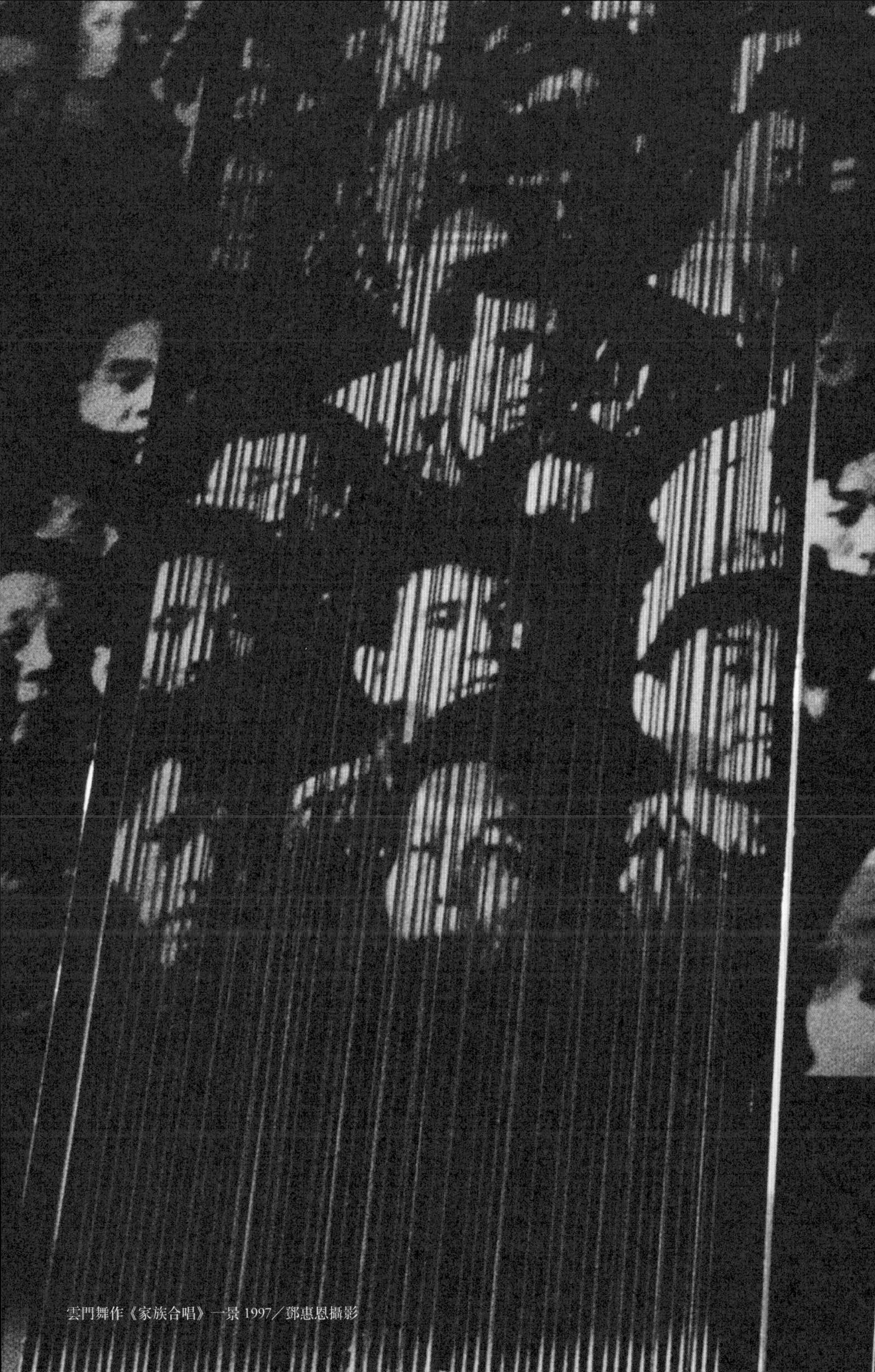

雲門舞作《家族合唱》一景 1997／鄧惠恩攝影

躺下一個又一個人體，我請舞者用粉筆在地下勾出那倒下的輪廓，彷彿宣告那裡曾有一個生命存在。然而幾段舞後，舞者的腳步拭去了那些白線的輪廓。我為此驚悚。這些逝者就這樣被時代的腳步抹去，從台灣社會的集體記憶裡消失。

在毫無預設，完全出乎自己想像的狀況下，《家族合唱》自己發展開來，成為一闋傷逝悼亡的輓歌。

雲門也邀約專人進行田野調查，訪問了原住民、閩南、客家、大陸各省，諸多不同性別、不同族群、不同世代的人士。這些口述錄音涉及生活、歷史，更重要的，話匣子打開後，受訪人一再提起二二八和白色恐怖的悲情歲月。解嚴了，過去不能說，不敢說的心事，通通攤到陽光下。這些不同口音的見證，成為《家族合唱》主要的「聽覺風景」。

《家族合唱》打開歷史的黑盒子，以「洗滌」做為舞作進行的主軸。洗臉、刷牙、洗頭、洗澡等日常生活動作，變幻成令人目不暇接的舞蹈語彙。舞到終極，真水上場，舞者就著臉盆洗臉，淨身。舞獅、乩童、神轎、拜廟、燒王船，這些色彩豔麗的傳統祭儀穿插出現。舞至終結，數十盞水燈，靜靜地流過舞台……

一九九七年九月二十日，《家族合唱》在台北首演，雲門舞者在歷史影像與聲音裡起舞。我們以近於舞台鏡框大小的面積，呈現數百張老照片。我希望這些影像的組合，能夠給觀眾帶來我曾從老照片感受到的震撼與滿足。照片裡的人物絕大部分辭世已久，有飽受改朝換代之苦的在地人，也有避秦南來，埋骨台灣的第一代移民；是這些族群的組合，才完整構成這塊土地上的「台灣人」。逝者的容貌重新在眾人面前出現時，應該也是一份莊嚴的存在吧。

把尊嚴還給逝者，我們才能擁有尊嚴，而不再自暴自棄。真誠面對了傷痛，我們才能比較健康地期許未來吧。

原載一九九七年九月九日《聯合報》

合唱繼續進行

《家族合唱》是針對台灣人傾訴的台灣故事。我從未想過，它會跟雲門其他的作品一樣出國演出。然而，首演後，耶路撒冷和維也納的邀約就來了。

這使我很頭痛。外國人不詳知台灣的歷史，聽不懂舞中各種方言的口白，甚至不知台灣在哪裡。如何讓人瞭解？

我不曉得奧國人是否渴望被瞭解。可是，台灣必須被人瞭解！

大家，包括耶路撒冷藝術節總監，都覺得幻燈字幕會使觀眾目不暇接。對策很快出來：英譯口白。於是我們驚動十幾位長輩和朋友，依年齡性別身分口音「對號入座」，精心錄製英語口白。

一九九八年五月，坐在耶路撒冷劇場裡，儘管觀眾全神投入，我坐立難安。一切清晰明白，一場場英語「合唱」對我是遙遠而陌生的。心冷。我從未對自己的作品如此懊惱。

那年七月，輪到維也納舞蹈節，我猶豫再三，狠了心，決定以鄉音演出。正如雲門製作經理王孟超說的：「義大利歌劇從未譯成中文，我們還不是照聽不誤！」首演那天，維也納遭逢百年酷暑，三十八度。華麗的巴洛克式人民劇場沒有冷氣，戲未開演，仕女們的化妝已然漫漶，放眼看去，全場翻飛著搧風的節目單。火上加炭的是，劇場燈光人員按錯電腦鍵，所有程式剎那消失，演出延遲開始，熱氣氤氳，觀眾一再鼓譟催幕。

四十分鐘後，奇蹟發生，程式重現。隨著演出的進行，翻飛的紙片逐漸沉落，觀眾陷入死寂，間或傳出嘆息與啜泣，劇終時全體霍地跳起來，給謝幕的舞者二十分鐘熱烈歡呼。盛大的酒會裡，藝術節以水果拼盤擺出台灣島形。觀眾走過來擁抱我和舞者：「我們也有類似的歷史。」兩小時後，離開劇場，還有觀眾等在門口向我們道謝。

那夜，我在旅館的房間裡一個人幹掉兩瓶紅酒，大哭大叫。好像一直在漫漫大海苦游，終於意外抵達一個渴望已久的岸頭。我終於領悟到：

有了自信，才能有尊嚴。被尊重比被瞭解還重要。

二〇〇〇年十月，柏林藝術節。藝術總監酷愛《家族合唱》。她說，柏林是個充滿歷史滄桑的城市，但是大戰過了這麼久，圍牆也拆除十年，始終沒有作品面對歷史，在這一點，台灣走在柏林前面。《家族合唱》必須到柏林。但是，藝術總監舉棋不定：柏林之所以沒有這類作品，當然是因為很多人迴避過去；《家族合唱》上演，她一定「千夫所指」，還是換別的節目來吧。最後，她鐵了心，要定了這個節目，否則，「對不起良心。」

《家族合唱》接續彼得．布魯克的新作《衣服》，在柏林席勒劇院登場。席勒劇院是二三〇年代，以及戰後柏林「孤島」期間的戲劇重鎮，出過很多名導演，名演員，演過很多批判性的作品。走進素樸美麗的劇院，依稀聽得到前人的語音在帳幕樓座中迴盪。我忽然想起一九七五年雲門香港首演的利舞台。那是梅蘭芳首度赴港演出的劇院。

也許早已清楚作品的性質，柏林觀眾很嚴肅。開演前幾分鐘，場燈未熄，便一片肅然。在按快門的喀嚓聲中，一張張家族合照由過去顯影重生，劇場便凝為一塊固體。一百分鐘的演出只似瞬間。觀眾的掌聲專注有力，再接再厲，使謝幕的人眼濕。

演出後「會見藝術家」的活動，每場有一百多名觀眾留下來，問起台灣的過

雲門舞者在張照堂拍攝的影像前演出《家族合唱》1997／游輝弘攝影 雲門基金會提供

去與現在，問劇中「燒王船」，「放水燈」儀式的緣由。每場談話都到十一點半以後，主持人再三宣告結束，才不得不結束。

柏林觀眾不只要知道更多的事，也討論舞蹈結構，讚美舞者的生猛動作與全神投入的精神，感嘆舞者呼吸聲在舞蹈行進間累積了能量，而成為另一種層次的表達。

一次次的海外演出，讓我覺察到《家族合唱》不只是台灣的故事。在緬甸，柬埔寨，中南美，非洲……

猶太人的「家族合唱」早已家喻戶曉，而效法《舊約》中的大衛，向巨人丟石頭，或充當人肉炸彈的巴勒斯坦青年，如果有機會，又將述說何種的「家族合唱」？

《家族合唱》是我不得不編，卻又害怕去看的一齣作品。不管是否賣座，我希望每隔三、五年就再演一遍，直到觀眾和我都不再害怕，沉澱了悲情，能夠凝眸面對這段歲月。

原載二〇〇〇年十一月二十八日《聯合報》

二〇一八年修訂 八里

高處眼亮

《風．影》創作緣起

二○○五年春天，蔡國強到國家劇院看雲門的《紅樓夢》，演出後到後台邀我參加二○○八北京奧運開閉幕式的創意小組。我說我怕開會，也怕集體創作。他放我一馬。

國強走出化妝室時，我靈光一閃，問他願不願意和雲門合作。他說，好啊。

第二天見面，國強開門見山地問，在國家劇院演嗎？我說，是。他說，首演前，讓一個人到劇院琉璃瓦的屋脊上站一會兒。我說，好。睡了一覺起來，他又說，琉璃瓦上可以鋪鐵絲網，那個人才爬得穩，站得實。我說，好。那天晚上，他說，國家劇院屋頂站穩了，咱們再去北京紫禁城屋頂站站。

國強住紐約，世界如在眼前，他知道西方藝術最新的遊戲規則，同時遙想中國與泉州。我住台北，很難不關心台灣，或者要花很多力氣去抵抗媒體所呈現的台灣。媒體可以一連幾個月報導幾個政治案件，好像台灣別無他事，台灣之外，別無國際。

政治僵局像是把人往下拖的暗流，一不留意就被捲進去，要把頭伸出水面才能看到外面的世界，看到自己的位子，才能對著蒼穹憧憬夢想。這很費力氣，而且不能叫累。

我們工作的屬性很不一樣。國強接受邀約，美術館出錢出力，協助他完成構想。作為一個民間舞團，雲門資源有限，久而久之，「量入為出」變成我想像的框框，越過現實框架，我就得把自己拉回來，在界定的框架裡做到最滿最好。國強做完一個作品，便邁向下個新作。舞團必須新舊並陳，重排舊舞吸走許多可以滋生新意的腦汁。

透過《風．影》的合作，我希望國強來破雲門的「套路」，給我們洗個澡。我不請他設計舞台，而是提供構想，並擔任視覺總監。換句話，他出點子，我來做，他再來檢視，品管。

兩個人都是江湖客，老是在坐飛機。我們在威尼斯，在台北見面。國強不知雲門的財務和人才的限制，天馬行空，想到哪說到哪。每次談話結語都是，「這些都不算，我們再想想。」回到紐約，被逼急了，他就連寫帶畫，傳點子到台北：沙漠中的石頭。風箏。黑雪。黑瀑布。黑洞。最是光亮處，影子最黑。最終還是那句話：「我們再想想。」

國強希望《風．影》是一齣流動的裝置藝術，不希望「跳舞」。我說，好。簡單的動作會讓雲門舞者進一步斟酌身體內部細節，讓動作更精確有力。在跌宕飛揚的《狂草》之後，這是適時的調理，為舞者奠定再度騰躍的好跳板。

痛苦的是裝置。我從近百條「狂想」選出二十多個意象來發展。近年來，雲門舞台布景力求精簡，一堆米構成《流浪者之歌》的風景，幾張紙架構了《狂草》的空間。《風．影》一下子就有十多項裝置、道具和特殊服裝要去探索，研發：影子如何起舞，風箏要怎麼飛，黑洞長成什麼模樣……

我和李永昌（製作人），林克華（舞台設計），張贊桃（燈光設計），洪韡茗（舞台，道具執行），王奕盛（影像設計）和曾天佑（服裝設計）組成的技術團隊不斷開會，消化國強的奇想，想方設法去表現無法捉摸的「風」和「影」。這期間有欣喜的發現，也有執行失誤或不到位的挫折。

挫折往往來自思考的不夠周密，細節沒有照顧齊全。雲門早已脫離「要拚才會贏」的階段，但是「拚」仍在我們的DNA裡，一不小心就冒進了。《風．影》的工作經驗留給雲門同仁最大的資產將是透過清明的檢討來找到定位，再思突破，同時不斷溫習震耳欲聾的蔡氏名言：「細節決定歷史。」

《風．影》諸多挑戰中，雲門同仁最感頭痛的是如何把人送到國家劇院屋脊上去「站一站」。劇院工程部的朋友力勸我們不要冒險，因為「連工人都不太願意上去」，而且屋頂老舊，說不定一踩上去，琉璃瓦整排滑落。

所有「攻頂」的策畫宣告失敗之後，同仁想出一個替代方案：讓人站到較低的屋簷上。我不喜歡，一個念頭浮現腦中，但我想知道國強怎麼想。果然，他不要替代品。果然，他一語中的，說出我早已胸有成竹的話：「找登山的朋友。」我快樂地打電話到登山協會，順利邀到一位高挑的攀岩帥哥。

但是，帥哥到琉璃瓦的圓滑的屋脊上如何站？

打造一個小平台。但是，建材和工人怎麼上去？

有人說用大吊車，更有人建議直升機。但是，那要花多少錢？七嘴八舌之後，大家突然夢醒：博愛特區上空禁航。

我向好友林存謐求救。阿謐國中畢業，字寫得歪歪扭扭，卻是台北最傑出的

張贊桃設計燈光的《風・影》2006／劉振祥攝影

《風．影》舞台上風箏飄逸 2006／劉振祥攝影

室內裝潢職人，作品包括誠品信義店。他的名言是「沒有辦不到的事」。電話溝通後，阿謐買了一個望遠鏡，到現場勘查，發現最頂端的屋脊線和兩側的垂脊都有鐵環鐵鉤。「啊就把繩子綁在鐵環上，抓住繩子爬上去就好了。」

阿謐到雲門用鋼材組成一個小鷹架，鋪上鋼網，讓舞者試站，臨機一動，又加了一根金屬短柱：「上面風那麼大，沒扶手，帥哥站不穩的！」

登山協會介紹的攀岩教練「小鬍子」戴昌盛帶著工人，緣繩登頂，再用繩索把建材吊上去，在屋脊線上建構了站台。阿謐的作品三萬塊搞定，不收錢，純贊助。

二〇〇六年十一月二十五日，《風．影》首演前，台北國家劇院廣場萬人仰望，帥哥顧明和隨著巴赫的大提琴組曲，站上劇院琉璃瓦的屋脊，勁風揚起他背上有如天使翅膀的雪白紗旗，沉藍夜空弦月清亮。

勇敢夢想，慎選策略，落實細節，走出困局，向上爬，往上走，高處眼亮。

大家加油！

原載二〇〇六年十一月十三日《中國時報》

二〇二二年一月 擴充改寫

《風・影》首演前 攀岩高手走上國家劇院琉璃瓦屋頂 2006／林冠吾攝影

後來

二〇〇八年二月十一日凌晨，雲門八里排練場失火，服裝道具焚燬。舞團早已簽定四月初在紐約古根漢美術館與歐洲多城演出，曾天佑、林璟如日以繼夜趕製《風・影》與《水月》的服裝，雲門才得以成行。

古根漢美術館的藝文演出一直在小廳舉行。為了《風・影意象》，館方破例連夜移走展品，空出廊道和大廳。

四月三、四日晚上，燈光把白色建築打得雪白晶瑩，雲門舞者揹上天佑設計的「天使紗旗」，沿著萊特設計的螺旋廊道迴旋奔馳而下；大廳裡，蔡國強爆破的黑白影像伴著爆炸巨響，投在舞者揮動的白絲旗上；四百公尺長的黑綢「黃河之水天上來」從天棚沒完沒了地流瀉下來。我戰慄了。

雲門三十週年公演 國家劇院廣場同步轉播結束後 舞團以董陽孜書寫的「大家加油」與觀眾互勉 2003／劉振祥攝影

池上．稻禾

我有「稻米情結」。七〇年代的《薪傳》徒手「插秧」。九〇年代的《流浪者之歌》真米登場。遠兜遠轉，雲門四十歲那年，竟然又回到稻田，編作了《稻禾》。

我在嘉義新港故鄉度過童年。短短的街道之外，就是嘉南平原。天氣好的時候，會看到萬頃稻田的盡頭聳立著新高山。玉山，日據時代叫新高山。我也看到農友終年忙累。烈日下布秧，除草，踩水車。收割後，稻穀鋪滿厝前埕仔，在太陽下晒乾。因為熟悉，稻米很容易挑動我。這是我生命的一部分。

我是城市人，對農村和農民有固定印象。雖然也從媒體讀過新農民的報導，池上朋友讓我真正看到台灣農民的進步。

籌演《稻禾》，我們選上池上稻米達人葉雲忠先生的田，請電影攝影家張皓然蹲點攝錄稻田景觀，作為舞台的投影布景。

錦園村村長李文源說：「你選這塊田，是因為我們沒有電線桿，對不對？」

二〇〇四年，台電要在田裡架設電線桿，李村長率村民抗爭，讓電線走地下，造就了一百七十五公頃，浩瀚無邊的稻海。農民除了要工作方便，還要求美。池上那麼乾淨，跟印象中「古代」的農村不一樣。

葉雲忠夫婦請雲門同仁吃飯。走上二樓就看到超大幅的米勒《拾穗》複製畫布滿客廳牆面。我一驚，又想，畫作主題切合農耕生活，不意外。轉身，卻見梵谷《星空下的咖啡店》矗立對牆。閣樓一條長桌，是葉太太美錡女士寫字的地方。書法作品像晾衣服一樣地吊滿幾條鐵絲。事實上，很多池上人都寫字。耕讀人家，池上農友就是。池上火車站滿牆陳列鄉民的畫作和書法。每條街道的路牌都是在地書法家的手筆。

花東縱谷裡的池上，土地肥沃，和風習習，雨量充沛，日夜溫差大，是稻米的好溫床。日治時代，池上農民奉命年年上繳稻米，貢呈東京皇室。「皇帝米」之名享譽全台，許多外地的便當也跟著冒稱「池上便當」，甚至打著「池上」的名號賣米。五〇年代，池上跟隨時代風氣，灑用農藥，名聲和米價大跌。

九〇年代，年輕鄉民建立池上米的產地認證，打造冠軍米的品牌，推動有機耕種，與土地和解，恢復「皇帝米」的美譽，也通過歐盟的嚴格認證，打進歐洲市場。

一位老先生驕傲地告訴我：「我們是科學種田。要講習，要填表格，每天要讀資料，很忙。」

二〇〇八年，池上迎來台灣好基金會進駐，推動人文活動。翌年，陳冠宇在稻田裡彈鋼琴的照片被《時代雜誌》選為「本週最佳照片」。池上人再度發揮當年抗爭田中央豎立電線桿的社區凝聚力，舉辦「春耕」（大坡池畔野餐），「夏耘」（米食饗宴），「秋收」（稻穗藝術節），「冬藏」（藝術家駐村），轟轟烈烈。

台灣好邀請雲門到池上演出。我想編一齣跟稻米有關的舞，向池上的朋友致敬，舞題就叫《稻禾》。

開始構思，我才發現那是艱難的創作，因為太熟悉，或者你以為太熟悉。我不想回去走《薪傳》那類寫實的路，那要怎麼跳？

我和雲門舞者到池上體驗割稻，為新作做準備。長時間彎腰，脊椎比想像中的痛。抱稻穗的滿足，比想像中還快樂。指導我們的張天助先生，風趣地示範，鼓勵，讓大家笑聲連連。他自己說，本來個性靦腆，到台北上了卡內基訓練課程後，溝通能力大增，生活愉快很多。

田邊發呆許久後，我想，可不可以就在皓然拍攝的池上田園四季的影像前，舞出陽光，泥土，風和水，花粉和穀實，以及稻米的生命輪迴？收割之後，延火燒田，春天到臨，犁翻焦土，重新灌水，薄薄的水上倒映舒卷的雲影。稻田四季如此，人生亦如是。

雲門的演出需要大舞台。台灣好的符符開車帶我「池上一日遊」，找到萬安村幾片落差很大的梯田。我和雲門技術總監李琬玲在低坳的田裡，規畫出國家劇院舞台大小的表演區，又在崖上架設梯形的觀眾席——兩千五百個座位，只比國父紀念館少十八席。觀眾居高臨下，可以看到舞者表演，以及幾十公頃的黃金稻浪，遠方中央山脈峰頂流雲徘徊。

為了秋收稻穗藝術節，池上全鄉總動員。演出日期訂在稻米成熟的巔峰週末。農友共議，一起插秧，一起成熟。農會發文，雲門演完，才收納稻米，確保演出的背景是無涯熟稻，沒有已收割的禿田。舞台區和觀眾席的地主則慎選早熟的稻米品種，提早插秧，提早收割，用十天的時間讓田地晒乾，才能架設表演區與觀眾席。然後，池上國中同學登場，量尺寸，排座椅，貼座位號碼。演出當天，他們站崗，迎賓，帶位，照料流動廁所，演出後歌舞送客。

二〇一三年十一月，池上露天劇場啟用，太陽，風雨也趕來看舞。鄉親場，烈日烤燙舞台，光腳表演的舞者腳底起泡。第二天是售票場，來自本土、香港和大陸的遠客坐滿梯階上的座席，大雨傾盆，觀眾穿起雨衣觀舞，台上台下凝為一體。第三天，雨在開演前半小時停了，《稻禾意象》才得以順利演出。

演完後，走在街頭，人人笑咧了嘴，說好看，要雲門年年到池上。農友說，平時到田間工作，來來去去，低頭看稻禾，沒心思看風景，靜坐看舞，長時間看稻田

雲門在池上稻田中演出《松煙》2018／劉振祥攝影

和遠山，「才知道池上真的很美。」

那年雲門四十週年，《稻禾》巡演台北、台中、高雄、台南，也到花蓮、台東、苗栗、南投、員林這些不常訪演的城鎮。這齣從池上土地滋生的舞作也去了巴黎、倫敦、德勒斯登、紐約、洛杉磯、舊金山、華盛頓、莫斯科、北京、上海、廣州、香港、首爾等十幾個大城演出。西方觀眾不熟悉稻耕文化，卻也感動落淚。原來，對農村，對人與大自然有機的互動是普世的鄉愁。

《紐約時報》推介《稻禾》，用半版的篇幅刊登了雲門舞者在稻田演出的照片。池上朋友引以為傲，做成大看板樹立街頭。

秋收稻穗藝術節年年舉辦，票房啟售，瞬間秒殺。長年駐村的蔣勳透過書寫與畫作，讓池上聲名遠揚。二〇一八年，池上穀倉藝術館開幕。陳冠華在地又前瞻的設計獲得遠東建築獎。池上在稻米原鄉的聲譽之外，建立了國際性的文化形象，成為農村再生的典範。隔年，政府和台電協力完成池上電線桿地下化的工程，無電桿的田園擴張到五百公頃。

池上的朋友說，《稻禾》田間首演十年後，來自港台和大陸的訪客增加為十倍。池上民宿倍增，好幾家年年預購藝術節門票，跟房間綁在一起銷售。街上的餐廳設計了素淨的新招牌，或改裝落地玻璃，把風景引入室內。傳統小吃店堅持手工慢做，拿著號碼牌的顧客沿街靜候。觀光客成為稻米之鄉的固定風景。疫情中，不能出國，人往東部跑，池上小街人滿為患。

但父老們最高興的是孩子的轉變。原本孩子們覺得池上「好山好水好無聊」，提不起勁好好讀書，設立獎學金也無起色。沒想到擔任秋收藝術節的志工，受到老師、家長和觀眾的讚美，孩子們大受鼓勵，把這項工作當成榮耀，主動設計迎賓的服裝、台詞、歌曲，玩成年度嘉年華會，而且功課突飛猛進。池上國中的學測成績由台東縣倒數第十名，躍升為第二名，有一年還衝上榜首。同時，不少畢業的孩子每年秋收時主動返鄉，帶領學弟學妹工作。父老喜出望外，開始夢想這一代孩子能夠對家鄉產生強烈認同，長大後願意留在池上，不再到城市工作。

很少人看到最後一場秋收演出結束時，割稻機列成一隊，等候人群散光，進田搶收成熟到最高點的稻穗。農友起早趕晚的下田幹活，焚風來襲，為收成良率降低悲嘆，颱風沒來，超級豐收，又為增加庫存而煩惱。等到疫情降臨，許多人為了囤糧，上網搶購，逼得池上朋友手忙腳亂地把存貨拿出來賣。這些，是老天爺的恩寵與挑戰，農友認命。他們不高興的是，觀光客跑進田裡拍照，踩壞了莊稼。「金城武樹」的地主不堪其煩，幾度想把樹砍了。

池上居民把《紐約時報》報導《稻禾》演出的畫面做成街旁的大看板 2013／劉振祥攝影

The
In 2013, Cloud Gate Dance Theater of Taiwan previewed "Rice" in the rice

訪客把車子停在路邊，自行車騎士呼嘯而過，狹窄的產業道路變得更窄。鄉公所禁止非農用車輛進入伯朗大道，也對把田地鋪上水泥改營停車場的農民重金開罰，卻無法阻止他們出租非農地給外來的商家經營租車場。攬客的男女走到馬路中吆喝，顏色傖俗的「蜈蚣車」載著大人小孩，歪歪扭扭的與人爭道，險象環生。

錦園村李文源村長說，他不喜歡台北。「每個人走路像跑步。車輛塞成一團，馬路變成停車場。」

池上逐漸向台北看齊？

雲門在田裡開闢劇場，演出《稻禾》是做錯了嗎？

想起池上，我的心情是複雜的。

二〇一三年寫於《稻禾》首演前
二〇二二年一月 擴充改寫

輯六

思念 LINDA
回顧一個奮發的時代

一九七四年，瑪莎．葛蘭姆首次率團來台演出。在歡迎酒會裡，她忽然表示要訪問雲門排練場。我說，地方很小。舞團經理連忙勸阻：「瑪莎，走遍全世界，妳從未做過這樣的事。天氣熱，不去吧！」老太太笑咪咪地說：「我要去拜訪林先生的排練場。」

雲門未滿週歲，祖師奶奶蒞臨，如何是好？無計可施，我做了只有少不經事的蠢蛋才會做的決定：在葛蘭姆面前，教一堂葛蘭姆技術課，再跳兩個小品。到了那天，我們打掃乾淨，準備泡茶待客，我忽然想起應該有人陪伴貴賓，匆忙下樓到麵店借電話，跟相識不久的Linda求救。

葛蘭姆前腳進門，Linda滿身大汗趕到，端莊得體地向大師致意，陪坐聊天，讓那天的活動順利進行。後來幾天，葛蘭姆總問我，那位聰慧美麗的吳小姐今天怎麼沒來。

相交四十多年，只要我求救，Linda總是二話不說，立刻拔刀相助。大家叫她俠女。大家叫她Linda。有些人叫她吳小姐，許多人不知她叫美雲，是長年在孫中山先生身旁工作，歷任上海市長，廣東省政府主席，革命元老吳鐵城的長孫女。因為祖父的感召，Linda念外交、軍事，立志帶兵衛國。回到台灣，無仗可打，走入文化界。

有一回，Linda給我看她剛回國那兩年的照片。合身旗袍襯出盈盈細腰，清麗素容，雙眼放光，是英氣而又溫柔的美女。她覺得酬酢應對的社交生活很無聊，脫掉旗袍，創辦《ECHO》，文化報國。

國際對台灣瞭解甚少，以為台灣就是Thailand，《ECHO》以英文向世界介紹傳統文化，介紹台灣。Linda對外徵才，找到藝專美術系畢業的黃永松和姚孟嘉合作。Linda公寓的客廳成為辦公室，浴室兼作沖洗照片的暗房，三人動手就編起雜誌。那是一九七○年，美雲二十六歲，永松二十七，孟嘉二十四。

紐約出生，台北美國學校，留學英美，Linda是「洋人」，英文編寫游刃有餘，傳統文化她從頭學起，請了家教補習中文，不怕鬧笑話地勤奮學習。俞大綱先生為我們講課，美雲凡事問。例如，講李義山，她會問：唐代是西元幾年？換算清楚後，「哦哦，是中古時代？那我們比歐洲人厲害太多了。」

認識文化，Linda全身投入。我們認為理所當然的事，她一定要自己弄明白。有一回到漢聲辦公室，竟然看到粗布唐裝的總編輯吳美雲女士坐在桌前有板有眼編草鞋。

Linda往生後，張照堂找出YouTube裡，一部叫作《Taoism：A Question of Balance》的紀錄片，放到臉書上。影片敘述七〇年代，漢聲鐵三角帶著BBC記者到鄉村探索道家對台灣民間生活的影響。Linda流水的英文，漢聲諸君青春漾然的形象，純樸的身姿令人感動，感慨！

支撐漢聲浪漫事業的是Linda的務實。《ECHO》出版前，她先找到華航的支持，第一期印兩萬冊，放到乘客座前的袋子。七〇年代，《ECHO》發行近三十個國家，為台灣發聲。一九七八年中文《漢聲》雜誌問世，法國歸來的奚淞正式加入團隊，漢聲四俠全員到齊，摩頂放踵，用才情與用心，一再為台灣出版業作出突破性的示範，影響三個世代的讀者，拓展了整個社會的視野和作為。

漢聲四俠（左起）姚孟嘉 奚淞 黃永松 吳美雲 1970年代／漢聲雜誌提供

有那麼幾年，漢聲甄選編輯，報名者數百，要借用國小校舍舉辦。選聘二十人，一兩年後，如能留下四、五個勝任的編輯就算成果驚人。簡單地講，漢聲是「龜毛學校」。每個題材都是慢工出細活。雜誌社敦聘學者擔任長年顧問，隨時出門請教專家，然後進行田野調查。大甲媽祖八天七夜的遶境活動，漢聲諸君實地走了三年，才變成鉛字。要講中國結，姚孟嘉學了三年，成為名符其實的專家，才開始思考如何呈現。為了介紹拳術，徐紀老師進漢聲，全體員工跟著學。漢聲是永遠飢渴的動物，總覺得吃不飽，不斷吃，消化反芻，整理到自在才肯吐給讀者。

那是台灣追尋島嶼身世的年代。往南部跑，成為台北知識份子和文藝青年的風尚。漢聲總是走在前頭。台灣移民史，台灣老地圖，漳州人，泉州人，客家人，阿里山鄒族瑪雅斯比祭典都是雜誌的專題。採訪東港燒王船，漢聲在南鯤鯓發現洪通，報導之後這位素人畫家成為全國性的名人。朱銘在歷史博物館舉辦首度個展，漢聲邀請俞大綱先生專文推介，朱銘個展延期再三，長達一年。

孟嘉、永松出門，身上掛住大小攝影機，有如特種兵出任務。漢聲圖像千百選一，文字也重寫再三，要證據，講邏輯，還要精簡可讀，奚淞改完，總編輯Linda還要審，文章要讓中文早已流暢的「洋人」讀得快樂。主掌美編的永松摒棄一般的銅版紙，選了工業用紙印刷，從傳統美學出發，版面設計大膽，無洋味，也避開和風的陷阱。漢聲是手工業，總其成的孟嘉帶著年輕編輯慢工出細活，一項主題往往手繪三、四種版面草圖，斟酌再三。在一九九二年啟用電腦設計之前，漢聲用電腦打字完稿，一條條的紙片手工細貼，改字就得用美工刀挖補。進廠印刷，美工部門跟著進廠熬夜，盯圖校稿，講究用色深淺。有人說，漢聲即使倒立著看，仍然理路清明，找不出毛病。

《漢聲》雜誌主要是以現代觀點介紹民間傳統，但是打開第十期的「古蹟之旅」，讀者驚叫。一輛怪手巨獸般地盤踞大幅拉頁圖像的前景，半毀的板橋林家房厝塵沙飛揚。台北縣府的顧問公司評估荒廢多年的花園宅第是「中國建築的末流，其假山尤其可笑」，倡議鏟平，改建公園。姚孟嘉的照片掀起搶救的輿論，助成古蹟的保留。那是一九八一。翌年，政府公布拖延多年的「文化資產保存法」。

古蹟、文物之外，漢聲關心生活。一九七九年，政府開放民眾出國觀光，「國民旅遊專號」籲請讀者遠赴歐美前，先到台灣絕色景點遊覽，同時提出愛鄉愛土地的環保課題。一九八四年的「稻米專集」和「菜根香專集」倡導「吃出健康」。兩年後的「免於吃的恐懼」提醒添加物與農藥的禍害。一九九六年的「日本MOA自然農法」與「有機報告」持續關注台灣食物的問題。

身為母親的Linda感嘆坊間儘多西洋童話書，屬於自身文化的兒童讀物太少。

數年籌備後，一九八一年以原創圖文，用當代語言詮釋傳統故事的《漢聲中國童話》誕生，一套十二本，每天一個故事。

一九八四年，為兒童編創的科普與生活常識的《漢聲小百科》跟著問世。這兩套書成為六、七年級世代最重要的啟蒙書，是睡前父母講故事的材料。有心的父母存錢買給孩子，中產家庭常以這兩套書作為親友孩子出生或進小學的賀禮。《國語日報》讀者票選，《漢聲》套書是小朋友最歡迎的讀物。

截至二〇〇二年，台英社和Linda領軍的漢聲直銷隊伍售出二十五萬套《漢聲中國童話》，開啟台灣童書市場的旺景。二十五萬只是漢聲的數字，沒把盜版算進去。上警察局，央求警察，押著警察去夜市，去倉庫抓盜版，成為Linda八〇年代沒完沒了的苦差事。她不叫苦，倒像盛氣的將軍，理直氣壯，百折不撓。

《漢聲中國童話》與《漢聲小百科》的成功，激起Linda對兒童教育更大的熱情。漢聲諸君年年遠赴義大利，參加波隆那國際童書展。在台灣盜版翻印氾濫的時代，漢聲向海外五十多家出版社選購三百多本西方童書的中譯版權，推出《漢聲精選世界最佳兒童圖畫書》與《漢聲精選世界最佳兒童數學叢書》。貫徹漢聲龜毛精神，這兩套書不是翻譯，印刷，就出版；Linda統整各國出版的書籍，依年齡區分，重新組合，還附上「媽媽手冊」，逐頁，甚至逐行，引導家長如何進行親子討論。熱血青年結社的民間出版公司頂起教育部與國立編譯館的工作，成就輝煌。

一九八八年，政府開放大陸探親，漢聲文化溯源的田野工作擴展到大陸去。福建土樓，北京四合院，陝北剪紙，楊柳青年畫，陸續透過漢聲進入台灣讀者的視野。

漢聲全盛時期員工八百。格局的壯大意味著更繁複的理財業務以及更煩人的人事管理。Linda頂住這些壓力，讓漢聲同仁揮灑。八德路漢聲辦公室裡，黑衫黑褲的Linda總是笑聲朗朗，熱情待客，只有漢聲同仁和親近友人才曉得她百病纏身。醫生多次「判她死刑」，Linda抵死不從。篤信傳統的Linda不信西醫，拜師學氣功，修練各種法門，養氣健身。她一次又一次對朋友笑談「死裡逃生」的經歷，絕無哀怨焦慮的神情，還不斷說自己又學到許多新東西。

然而，漢聲諸君燭燒兩頭。採訪版圖擴大，雜誌還得編，品質當然也不許掉。以前是南部田野採訪回來，不回家就進辦公室。九〇年代後則是大陸歸來，從機場直奔八德路。

一九九六年，五十歲的孟嘉過勞猝逝。一九九九年，奚淞退休。永松遠走大陸，長居北京。Linda獨守八德路公寓，修行養病，繼續以專書形式出版漢聲作品。二〇〇六年，美國《時代周刊》將《漢聲》雜誌選為「給內行人看的最佳出版物」。二〇〇八年，雷曼兄弟金融災難爆發時，Linda正在閉關搶救生命，未能及時搶救漢聲的投資。

二〇一六年五月十二日，我們的朋友Linda，吳美雲女士病逝台北，享年七十二歲。

離去前兩個月，Linda出版了兩冊多年訪談專家的書，《與大師談天》。學習，出版，對她不只是專業，是至死不渝的信仰。

雲門到俄羅斯巡演，我在聖彼得堡得到Linda遠行的惡耗，終夜無眠。

在資訊荒蕪的七八〇年代，漢聲出版品是我的啟蒙書。編《薪傳》，我參考《漢聲》。讀過《漢聲》，我到阿里山達邦參加瑪雅斯比祭典，隔年再度上山，請族人讓我錄下祭歌，編作《九歌》，也敦請鄒族長老下山指導北藝大學生學習鄒族祭典歌舞。北藝大舞蹈系同學參加大甲媽祖遶境的傳統當然也源於《漢聲》的報導。

同為七〇年代出發的文化工作者，漢聲諸君給我溫暖的友誼，也給我最大的沖激。基本上，台灣對美學沒有嚴苛的標準，想馬虎過關時，我想起漢聲的嚴謹。

累了，想回家，我知道孟嘉還在漢聲挑燈夜戰，只好收心，繼續奮鬥。七八〇年代，我幾乎一個人頂起雲門，漢聲諸友讓我覺得不孤單，而豪邁大氣，鍥而不捨的Linda更是我重要的楷模。沒有漢聲，小漢聲三歲的雲門一路走來，勢必更加艱難。

曾經風生水起的八德路漢聲巷如今寂然。但是漢聲諸君耗盡青春所累積的能量仍在影響著我們的生活。

出版人傅月庵說，漢聲「因其訓練扎實，視野廣闊，日後編輯流散，一葉開五花，都成了九〇年代台灣相關出版領域的主導力量。遠流台灣館，兒童館編輯基本皆來自漢聲；兒童館的郝廣才一路帶頭衝，衝進城邦，衝出格林文化，最後成了台灣『繪本教父』；台灣館則在莊展鵬、黃盛璘領軍下，從『台灣深度旅遊手冊』一路做到台灣岩石、昆蟲、野花……圖鑑，旁及口述歷史、社區營造、台灣鳥瞰圖、台灣堡圖、台灣地形圖、台灣調查時代，幾乎涵蓋了日後本土製作的所有層面，唯政治不與。」

Linda的過世代表一個時代的終結。然而，這位帶動出版業創新，為台灣文化作出巨大貢獻的出版家往生的消息，比不上小明星的緋聞，紙本媒體罕見報導。

什麼時候開始，《漢聲中國童話》不再是親子床頭書？父母如此輕忽，就把孩子交給電腦，手機。媒體如此健忘，社會如此失憶，文化如此沒有根基，年輕朋友當然只能在game，在網路世界過日子，跟著韓劇，日劇，陸劇的劇情起伏時喜時悲。

七〇年代，漢聲創業維艱。今天出版業面對的局面更加嚴苛。科技發展帶來閱讀習慣的改變。台灣電子書始終未成氣候。二十多年來，排行榜的暢銷書七、八成都為翻譯書籍，花時間的原創作品只占少數。從二〇一二到二〇一五，四年間台灣出版業產值幾乎減半。今年一、二月出版業發票營收總計，與去年同期相較，衰退近三成。

出版事業的解體是全球性的現象。但是，台灣解決問題的效率遲緩。環保，食安，古蹟保護，這些漢聲在三、四十年前提出的問題，仍是今天的問題。出版是話語權，是國力，甚至是國安的重大課題。台灣無法自外於全球性趨勢，但能不能不再指責他人，朝野齊心找出台灣自己可以解決的問題，鍥而不捨，努力改善，來獲取翻轉，生存的基點？

聖彼得堡的夜晚，思念Linda，我想起這些。

原載二〇一六年八月十九日《聯合報》

阿桃去旅行

追念讓雲門舞台呼吸的燈光設計家張贊桃

工作到半夜，離去時走過草坪，抬頭看見劇場微微的光。是你來了嗎？你總是挑大家走後，一個人慢慢試燈。我知道自己發神經了，但走過曼菲雕像時，我看到你笑了。你說，老師啊，這回你錯了，種得太多，太密，荷花爭陽光，長得跟人一樣高！

荷花的事你是專家。一九九三年，籌演《九歌》，夢想要用真荷填滿樂池。我說，阿桃，我們自己種荷花。你二話不說，排練場後挖地掘池栽荷，天天去看荷花們長得好不好。我們是呆子。沒想到自家小池荷花產量頂不起幾十場公演。演出後期的荷花荷葉還是請荷農供應。也許沒那麼呆，是忙到沒想得徹底。也許我們喜歡養荷的過程，喜歡為福壽螺太多而煩惱，喜歡上班時發現荷花綻放而開心。

是嗎？是嗎？可是那年我四十六，你也三十六歲了。我們是有夠呆！那年台灣錢財滾滾，我們在八里鐵皮屋裡作夢。不知《九歌》能否賣座，不知舞團翌年經費在哪裡，而我們在種荷花，只想讓觀眾進劇場時聞到荷香，覺得世界上還有真實的東西，還有誠意這件事。

說到這裡，阿桃，我的結論是：我們真的有夠呆！不然《流浪者之歌》的稻穀怎麼會在演完幾個月後通通發芽？但我必須說，貨櫃裡如山的嫩綠秧苗真是好看。你抓抓頭說：「哎，啊怎麼這樣？下次要先把它閹了再染色！」

跟荷花一樣，那些稻穀也是你的baby。下班後你在地板鋪出染好色的稻穀，用不同層次的暖色燈光紙一張張試。台上的「黃金稻穀」是你鍍的金，跟隨燈具組合，用不同層次的明暗幻化為河流，沙漠，全球舞評讚歎。阿桃，明年，首演二十一年後，《流浪者之歌》要再度到倫敦。我知道，幕起後，觀眾必將因那黑暗中從天而降，細細的金色米流而屏息，在瀑布似的暴力稻雨後跳起來喝采。

雖然不時出國，九〇年代還是比較有時間的時代。編舞比較從容，我轉身常見你端坐二樓看我們工作。許久後，見你仍在，不動如山，像一尊佛。舞作才開始摸索，你就已經在琢磨燈光設計的走向。有時，我問你對舞的意見。你說：「哎喲，我不會編舞啦。」等你看出心得，倒會嘻笑給我挑戰：「老師啊，這個《行草 貳》

能不能不跑步？」是啊，我性子急，有時發展不下去，乾脆一跑了之，換個局面，重新開始。《行草 貳》就在「不許跑」的規矩下進行。編完了，太乾澀的地方再用跑動來滑潤。那以後，我想跑時，就會想起「阿桃法規」，有了節制。

耐心是你的大本錢。為了《水月》，你在地板潑水，搔頭苦思，一試再試，一改再改，選出對的藍色燈光紙，讓空氣變得清冷，讓水上的舞者，水面的倒影，鏡裡折射的地景和舞影，層次協調的和平共存。《水月》到紐約，我們景仰如神的李名覺和珍妮佛．提普頓都來了。「珍媽媽」特別說燈光打得真好，這麼簡樸這麼美。在台灣，我們從零開始，呆呆地做，呆呆地從失敗中改進，不知真正走到哪裡了。在紐約，全球舞台設計和燈光設計的天王都真心誇讚，那晚，我們像考滿分的小孩一樣高興。

阿桃，看《刺客聶隱娘》時，我想起你。

為了準備《竹夢》，我要你去京都廟院看「夜間拜謁」如何打亮竹林。你回來說，收穫不大，他們打的是大片竹林，我們只有三四十株。你自己跟艾艾週末帶了孩子去溪頭。幕起時，白袍舞者緩步徘徊的正是起霧的溪頭晨景。到了紅裙靜君的〈午夜〉，你把側燈收得窄窄，打在竹幹上，一節節短短的細光，像暖色琴鍵，節奏有致地羅列舞台。是在《竹夢》吧，或者更早，在《流浪者之歌》時，我建議你把有些燈光變化拉長到三分鐘，「沒有人這麼長啦，」你說。試試看，結果我們都喜歡那不知不覺移轉的光的風景。此後，你把變化拉得更長，四分鐘，五分鐘，觀眾察覺時，已是另一局面。不是光的改變，是時間在流動。

你的燈光輕聲細語，除非需要的關卡，絕不大聲號叫。典雅寫意，呼吸般起落的燈光成為雲門的特色。台灣舞評少，評舞也不提燈光。國外談雲門不讚美你的舞評極少。他們說你是大師，你一笑置之。酒會時常有人熱情致意，探詢，討論你的設計，你嘻嘻含笑交談。等到有人說，你的燈光讓他想起林布蘭特，你就如逢知音，開懷咧口笑了。那幾年，你吃林布蘭特睡林布蘭特，到了美術館，幾乎把鼻子貼到他的畫作上。有時候我邀你一起去美術館，你一口拒絕：「你看得太快了！」我不是走馬看花的人，可是絕對無法像你一整個下午專攻康定斯基！

一九九九年，和信確診你罹患淋巴癌，你安安靜靜接受治療。出院後，不提病情，沒事人似的工作，不驚動任何人。化療結束後，你變得更積極。身體略好，照樣出國。回國，有時意味著回到醫院。可怕的二十一世紀！你，曼菲，後來還有國柱輪流進出和信。

張贊桃用燈光把溪頭竹林的氛圍帶進《竹夢》裡 2001／李銘訓攝影

午夜驚醒，我會想起淡水河對岸和信病床上的你是否安然。我不知你是否控訴過老天惡劣的安排，是否有過激烈的憂慮與絕望，去探望時你總是微笑報告進展，提起血壓體溫吃藥狀況，宛如討論燈具配置。你規規矩矩聽醫生的話吃藥休息，出院規規矩矩運動。你騎腳踏車。你健走。海外巡演時，我們起床下樓吃早飯時，你已經走路回來。病後，你的世界更大，善用每一分鐘，能去的地方你都要去，帶著你的照相機。

二〇〇二年，我們去印度為《烟》找材料。在法輪初動的鹿野苑，我們認定一棵大樹，決定把它搬上舞台。你和孟超在瓦拉納西多留幾天，到菩提伽耶會合時，你笑嘻嘻告訴我，面臨恆河的民宿，到了晚上桌面床罩都是灰。儘管窗戶緊閉，火化的屍灰就有本事鑽進房間。

那是奇怪的春天。三個月的歐美巡演，我們從春花初綻看到百花凋零。到了布拉格，旅館對街的猶太墓園裡，卡夫卡的墓爬滿綠藤。晚上我讀《追憶似水年華》。黃昏時節在查理橋頭的CD店買到一疊許尼克。首演第二天全團食物中毒，集體拉肚子，抱病演出《水月》。源於恆河火化儀式的《烟》一步步轉化為迷離的歐風輓歌。我夠呆，以為那只是講究美學的藝術品而已。

（左起）林懷民 張贊桃 林克華在台北國家劇院 進行《家族合唱》燈光排練 1997／謝安攝影

二〇〇四年，《烟》授權蘇黎世芭蕾舞團演出時，你已復發，就醫，又出院。你堅持到蘇黎世歌劇院執行燈光的重現，艾艾不放心，一路陪伴照拂。因為心事重重，儘管演出成功，我記憶裡的蘇黎世湖藍得像明信片，無趣。首演夜送走賓客，回到旅館，家裡來電說母親病危。我連夜請旅行社改機票，天亮出發回家。忘了緣故，華航班機空蕩蕩，只有二十多個乘客。

阿桃，後來怎樣，我幾乎記不得了。想很久仍想不起那幾年編了什麼舞，去了什麼地方，你一起去了沒有。二〇〇六年一月，國柱往生。三月，曼菲離去。又過兩年，大火燒掉烏山頭排練場。你和艾艾地毯搜尋，找到八里中華路一家石材工廠，安頓了舞團和技術組。我們上山勘探央廣舊房舍，決定在淡水落腳。

二〇〇七年，我們在葡萄牙看到的滿地紅茶花，成為《花語》的視覺主題。上半場結尾，落花滿台，鏡中人影曲扭。春天過後，下半場的夜晚黑如深淵。那竟是你最後的作品。

二〇〇九年，你骨髓配對不順利，狀況起起落落，艾艾病房為家，「電腦辦公」。

翌年三月，你旅行去了。

張贊桃 2008／劉振祥攝影

大家跟你告別後一個禮拜，艾艾回到辦公室。她能幹，勇敢。這，你比我更瞭解。但，看到過去五年裡，她像一部開山機，轟轟然往前行的勢態，相信你也會嚇一跳。帶兩三個年輕朋友，艾艾一路學習，明快處事，溝通「促參法」事宜，落實建築設計，推動工程進度，日以繼夜，竟然把房子蓋好了，竟然沒有病倒⋯⋯或者，還沒有時間病倒。

不可置信，雲門竟然有自己的家。走出排練室，辦公室，外面不再車水馬龍，大樹大天空給人安慰，給人力量。經過開幕期的陣痛，夏蟬安靜下來時，我不再在新建築裡迷路，整個團隊也在新家安穩下來。兩個舞團在家排練，外出表演，出出入入。劇場節目順利進行，明年的節目也定奪了。

萬馬倥傯間，孩子們長大了。彤彤退伍後，繼續跟「旋舞炎」的朋友到處演出。從小，我們帶他「跟戲班跑」，這時也不能「曉以大義」。何況，據說他們商演的收入比年輕的雲門舞者高。

文凡九月初到英國讀書了。女孩子，一個人在異國，我知道你一定會常去看她，跟她講一些鼓勵的話。

在和信，你跟我說，遠仙和露露出了學校就進了雲門，是雲門的孩子，希望他們好好發展，不要吵架。

他們都很好。蓋房子的事，遠仙幫了艾艾很多忙。最近舊車折舊，他分期付款買了一輛很拉風的新車；大家都驚豔，卻都承認自己沒勇氣開。

露露能者多勞，跟當年的你一樣：妥當調配人事，讓兩個舞團海內外的演出都能順當進行，同時，跟你當年一樣，兼負燈光設計，在劇場看頭看尾，執行演出。

這一季，我們在台灣推出《烟》和《水月》，都是你設計的燈光。我們會像你一樣耐心，龜毛的處理，讓燈光舒暢呼吸。曉得你一直不動如山地陪著我們，我知道一切會順。演完後，一定還會有觀眾留下來看那台上水，鏡中影。跟從前一樣。

阿桃，到淡水時，說幾句話。譬如，「不要急。」譬如，「這回，不要亂亂跑。」

等艾艾略喘一口氣，有耳朵時，也不要忘了跟她說，要排出時間，給自己放假。

原載二〇一五年十月十五日《聯合報》

心經

母親最後的教誨

今天是母親辭世十週年的日子。十年間，幾乎無日無有對母親的思念，彷彿她仍在世。

隨侍母親旅行，離開飯店前，我們總有一番爭執，像個儀式。她一定要把房間打理乾淨才走。我嚷嚷，等等飯店有人會理。母親說，人家要整理這麼多房間，很辛苦，我們只是舉手之勞。如今，我常拖著行李，到了門口又折回，垃圾進桶，物歸原位，床褥鋪平，才安心離去。

母親出身新竹富家，是家中么女，最小的姊姊大她八歲。她六歲上日人小學校，新竹高女畢業後，赴東京深造。關於學生時代，母親偶爾提起，只說到草月流，音樂會，畫展和銀座咖啡屋。她的同窗告訴我們，母親跟一般千金小姐不同，總和大家打成一片，功課好，日語講得比日本人好，愛笑，愛花，是網球校隊，而且，射箭射得很好。關於母親，我們知道太少。因為陪她的時間太少。

說來慚愧，跟母親聊得最多的時候，竟是她出入榮總那兩年。一天，在病房放《荒城之月》給她聽，聽著聽著母親不覺端坐起來，用手指在被褥上撫彈。問她在做什麼，母親說：「彈琴。」原來，東京留學時，有一年她每週去跟老師學習日本古琴。老師家的巷子有幾棵櫻花。暮春，花落滿地。母親笑說，她不想踩過落花，常常覺得寸步難行。

東京家政學院畢業後，母親返台，應聘在母校新竹高女執教。病床上，她憶起年輕時種花的往事。戰後台灣一片荒蕪，母親請仍然滯留東京的二舅為她寄來花籽，在院子裡種出大片草本花。花季過後收穫了幾畚箕的花籽，分寄給一百所學校和機關，並請他們來年把存活率，開花率告訴她。結果，母親笑了，只收到一封覆函：台大園藝系。那是一九四五年，母親二十四歲。

翌年，親長作媒，母親「下嫁」南部鄉村。父親是長子，新竹鄭家的么女於是成為嘉義新港林家的長媳，上有寡母，下有五個弟弟，五個妹妹。

初嫁的母親，家務之外，有時也跟父親一起下田。看見來自富家的新娘子，有板有眼鋤地務農，鄉人稱奇，哄傳一時。母親說，那有什麼難，學校勞動課都在翻土種花種莊稼呀。

不久，政府徵召父親從政。父親百辭不得，自此步上公務生涯。隨著父親公職的流轉，母親一路搬家，也陸續生下五個孩子。我們住過東石，虎尾，嘉義，新竹，斗六，台中，高雄，台北的和平東路，新生南路，天母中十四路，新生北路，建國南路。二〇〇一年，崇民深謀遠慮，勸動不想再搬家的父母親搬到榮總附近的天母西路。那是他們在凡塵最後的住所。

父親書生從政，兩袖清風。父親的清廉，沒有母親全心全意的支持是辦不到的。她克勤克儉，維繫整個家庭。進中學前，我們外出作客都穿母親縫製的衣服。中學，我們穿表哥們的舊制服。母親自己的衣裳，早年經常自己動手，後來是大減價時貨比四五家。父母親到了八十歲，仍然堅持公車或捷運代步，不輕易叫計程車。母親往生後，我到她的浴室洗澡，發現一個小小的尼龍紗網籠住肥皂渣子，我們從國外買回來送她的精油，浴鹽，一行排開，沒拆，是裝飾品。

景況最壞的時節，母親帶著五個孩子操持家務，同時招呼住在家裡，或登門拜訪的親友賓客。住到斗六的頭一年，母親背著政民，牽住牧民，每天走四十分鐘去街上市場買菜。有了幫手後，她也沒閒著。斗六的宿舍有寬敞的院子，母親除了培

林懷民的母親鄭翩翩女士在東京 1942／林懷民提供

植出近兩公尺高，花開如拳的玫瑰，還種了十幾畦青菜，番茄，南瓜，後院幾經翻種，變成一片玉米田。父親下班後挑水擔肥，大的孩子放學後也分配到澆水除草的工作。那是我們住得最久的一個地方。全家團聚，熱熱鬧鬧的六年。

玉米田之外，後院養了羊，羊奶給政民改善體質，還養了雞鴨鵝鳥，貓，狗，火雞。安可拉種的白兔開始時只有四隻，轉眼成為四十隻的浩蕩團隊。一夜，母親把我們喚醒，全家隔著玻璃窗看見一隻失蹤許久的母兔帶著一群小兔子悠閒地在月光下吃草。事後追想，興趣之外，母親的園藝還是為了貼補家計。

多年之後，我問起這件事。她只說，嫁給父親把她的「神經線」鍛鍊得又粗又韌。她裡外一腳踢，起早睡晚。打理家務之際，手中一把戒尺督促我們做功課。父親一通電話，彷彿只是五分鐘，她又打扮齊整出門去了。夜半醒來，隔著蚊帳只見母親跪在日式矮桌前，對著家用帳沉吟。

母親生性低調，喜歡家居，不愛外出。父親到中央工作後，母親更以台北頻繁的酬酢為苦。宴席上，她微笑地傾聽別人談話，必要時僅只三言兩語。朋友告訴我，在酒會裡，父母親常在人潮外，也常是早早離去的賓客。父親辭世後，有天晚上我陪母親看電視新聞。她忽然問我，電視在講什麼。我說：「媽媽，他講的是國語啊。」母親道：「其實，我大概只聽懂三分之一，這些年來只聽三分之一。」我驚悚，羞愧，淚水湧上眼睛，不敢回望母親。

閱讀她沒問題，只是速度不快。孩子們成長離家後，每夜九點半，母親工作「收攤」，戴起眼鏡「用功」，讀報紙雜誌，讀中日文書籍。如果我們在，她就會不時提問。如果不在家，她打電話問。她要弄清楚。外出旅行，她也問題不斷，總是跟緊導遊，要把解說一字不漏記清楚。夜晚十一點以後是音樂時間。有兩回，午夜過後，我被音樂聲吵醒，循聲到她臥房，發現母親在轟轟然的交響曲裡酣然睡去。有一次，我忙得忘掉去買馬友友的票。母親說：「不要緊，我們去聽戶外轉播。」我們拎著小板凳，在中正紀念堂的廣場坐了三小時。母親聽得很滿意，只是不斷惋惜友友瘦了很多，顯老了。

她喜歡古典音樂。阿姨們曾經取笑母親：戰爭末期，美軍轟炸台灣，鄭家疏散到內山，別人帶著細軟，母親卻背了重沉沉的七十八轉唱片。她熱愛蕭邦的鋼琴曲，但是史特勞斯的華爾茲才是她的第一名。母親說，華爾茲不像貝多芬交響曲那麼有分量，卻都明朗快樂，人生應該如此。

母親沒有自己的事業，但父親的事業和子女的生涯都有她至大的鼓勵與支持。父親和長大的我們，各自忙著自己的工作與學業，母親只是一個傾聽我們近況的忠實聽眾，總是默默地以四季不斷的鮮花迎接我們回家。她是整個家庭的磐石與溫暖的動力。

父親是那種「不知道自己的內衣褲放在哪裡」的日式大男人。我們笑說，「都是媽媽慣壞的。」母親答道：「他在外頭工作那麼辛苦！」母親是父親的後盾，全力支持他，也在他失意時安慰，鼓舞他。晚年的父親不時叮嚀我們，要對母親非常非常孝順。「媽媽苦心持家，把孩子教得這麼好，對親戚朋友也盡心盡力。媽媽是一百分的人。」

母親和顏悅色，要言不煩，身教多於言教。我們的庭訓充滿了父親「震耳欲聾」的期許，卻不記得母親希望我們變成什麼樣的人物——除了要我們做一個「有用的人」，「不能成為別人的負擔」。

在許多父母希望兒女到美國拿綠卡的時代，母親送我到松山機場，說：「不喜歡美國就回來！不一定要拿什麼博士學位！」回國後，我不聽苦勸，決定創辦雲門，母親靜靜貨比三家，買來明鏡數片，找工人裝到排練場。然後告訴我，一定要好好照顧團員，她說：「要知道，人家都是伊父母疼愛的寶貝。」

崇民北醫畢業，當完兵，美國醫學院學費太高，家裡供不起，最後決定到日本深造，行前惡補了兩個禮拜的日文。母親日以繼夜，在三百頁的日本牙醫國家考試的考古題書上，密密麻麻用平假名全書注音。赴日不久，崇民便以苦讀考古題的本事，考上牙醫執照，開始半工半讀。等他十年學成歸來，母親早已省吃儉用，付了頭期款，買下一幢小公寓，讓他開診所。

母親是個完美主義者。她寫字，一筆一畫，工工整整，住家務求一塵不染。種蘭花，她用做菜剩下的蛋白把每片葉子擦得晶亮。

小學時，我們排班洗碗。崇民慢工出細活，洗碗可以洗一小時。我洗得飛快，母親卻不輕易讓我過關，安安靜靜地讓我洗五六次：「屁股沒洗乾淨，再來一次！」

「把每件事做到最好」是她對我們耳提面命的要求。這項要求也包括了德性與操守的無瑕。

二〇〇〇年，我被聘為國策顧問，說好是無給職，總統府卻來電要我開戶頭領薪水。多次溝通，才改為無給職。

我向母親報告這件事。她簡單回應：「你不上班，又沒貢獻，當然不該拿錢。」

我決定逗她一下，便說：「可是我有點後悔，因為那個薪水很多，我可以每個月送你去歐洲玩。」

在讀報紙的母親回過頭來，怒目叱道：「你這個人，怎麼愈老愈沒志氣！」

母親很少如此動氣。八十歲了，母親還這麼有力氣。我雖然挨了罵，卻打心底高興。

母親健康開朗。好體質之外，她辛勤工作，除非病倒，絕不午睡。父親中風進榮總翌日，母親起大早，開始她數年如一日的晨間急行。每天沿著磺溪走四十五分鐘，風雨無阻，出國旅行也不中斷。她說，她不要因為生病給孩子們負擔。

有一天早上，她出門走路，沒多久就趕回來，告訴崇民，有人準備砍伐溪旁的一片小樹林。她要崇民立刻打電話給龍應台。母親跟文化局長龍應台是「有交情」的。看到報紙刊登龍局長被議員無理攻擊竟而掩面的大照片，母親十分憤慨，要我向她致意。我說，「你自己寫信給她啊。」母親說她中文不好，怕寫得不得體。我以為事情就這樣過去了。沒想到，過陣子龍應台對我說，她收到了母親鼓勵的信函。在那個緊張的上午，崇民向躺在診療椅上的患者說抱歉，跑去打電話。龍應台正在開會，接到電話，會不開了，衝去救樹。後來，每次走過那個地點，母親都會指著一片樹叢，說那是她和龍應台救的。

對樹，對花，母親有不渝的深情。整地，拔草，照顧花卉樹木，工作到晚上十一點是家常便飯。「工作不告一段落，上床也睡不著，」她說。父親負責澄清湖工作時，極力推動觀光。母親便在林蔭大道的大樹幹種上蝴蝶蘭。清早，黃昏，伴著工友一起仰著頭幹活，噴水，上肥，除蟲，沒叫一聲累。花季來時，上千朵白色蘭花在風中輕顫。那是母親最輝煌的作品。搬到天母小公寓，母親宣布「洗手」退休，不到一個月，卻又約我去買花架，花盆，在小陽台東山再起。

幾個孩子邁入中年後，母親逐漸放鬆下來，成為我們的好朋友。我們驚訝地發現她天真活潑的本質，發現她原來是好奇，愛玩的人。

到溫哥華，牧民開車帶她玩一整天，才回到家，母親就問明天的節目如何。歐洲旅遊，每到一城，她要我買日文的城市導覽書給她。在佛羅倫斯的旅館，半夜起床，發現母親仍在燈下讀書。看到我，她很高興地說，許多名畫古蹟，當學生時學過的，隔了這麼多年，原來通通還記得。凌晨兩點鐘，母親眼光明亮，開心得像個中學女生。我愕然驚覺，半世紀相夫教子，母親的犧牲何其浩大！

二〇〇一年，家父往生。母親終於沒有後顧之憂，可以自在地到處旅行。翌年一月去印度，二月遊義大利，四月到荷蘭賞花，五月轉往美加拜訪二舅，愛玲，牧民和政民，九月底返台，十一月和雲門去香港，上海。她答應我，以後雲門出國演出，她都參加。

九月返台，身體檢查無恙，不料在中國旅次，母親出現中風的症狀。返台後檢查，醫生也認為是輕度中風。然而她的左手左腳在兩個禮拜內逐漸癱瘓。複檢後，疑似腦部腫瘤。

母親積極勇敢，全力配合醫療，同時不斷向醫生和護士抱歉，說給大家添加麻煩。放射線療程完畢，她以無比的毅力復健。拒絕別人攙扶，吃力地攀著扶手爬樓梯，上一階歇一下，上樓下樓成為一日數回的功課。母親用三週的時間恢復行走能力，醫生說沒見過這樣的病人。

然則，腫瘤無法控制，手腳又癱了。母親接受化療，按捺挫敗，扶著助行器繼續掙扎行走。

出國巡演，每個城市都使我感到悲涼。那都是母親計畫到訪的地方。我每天給她電話，謝幕時，讓她聽觀眾的掌聲與喝采，手機傳來母親虛弱的聲音：「早點回來！」

我告訴她，德國的春天繁花似錦，櫻花花瓣飄滿公園草坪。她說：「拍照片回來給我看。」我帶回的兩卷照片，母親一一叫唸花名，只有一種她記不起來，立刻要我查書告訴她。第二天，母親用右手抬起左手，壓在照片上，然後用右手顫抖抖地在每張照片背面寫下花名。「生了這場病，頭腦都壞了，」母親說。「不寫清楚，以後通通都記不得。」

病發時，醫生預估四到六個月，母親卻撐了二十二個月。臥病期間，她優雅寧靜。二〇〇三年春天，一次下腔主靜脈血栓的併發症，醫生宣告病危，她也只是輕輕吐出一個字：「痛。」只有偶爾閃現眼角的淚珠，洩漏了她的苦楚。

坐上輪椅的母親堅持著讀報，讀書，讀著讀著，歪頭睡著了。二〇〇四年春天，母親決定抄寫《心經》。她叫我們扶她坐到可以望見窗外綠林的書桌前，用右手抬起左手壓到宣紙上，然後右手執筆沾墨書寫。手顫得厲害，懸在紙上良久才能落筆寫出一個筆畫，用盡心力才完成一個字，十幾分鐘便頹然擱筆。有些日子，母親起不了床，手指由被褥伸出來，在空中抖顫畫字。只要能夠起身，母親執意坐到桌前。我們兄弟工作完畢回家，總先檢視案上宣紙，發現經文未續，便知母親情況不好，讀到工整的字跡就歡欣鼓舞。然則，母親終於無法再坐到書桌前。

那年秋天，九月十六日，母親安詳往生，距離她八十三歲生日，二十天。

父親往生後第三天，母親召集全家，要大家坐下聽話。「爸爸從生病到過身，大家非常用心，照顧得很好，我要謝謝大家。可是，大家都耽誤了工作，打壞了身

般若波羅蜜多心經

觀自在菩薩行深般若波羅蜜多時照
見五蘊皆空度一切苦厄空即是色受
異空不異色色即是空内即
想行識亦復如是舍利子是諸法空相
不生不滅不垢不淨不增不減是故空
中不

鄭翩翩女士病中書寫的《心經》2004／林懷民提供

體。」母親坐得筆直：「現在，我以母親的身分，要求每一個人從今天起恢復正常的生活。我希望大家都要做到！」

母親辭世後，我們記起她的吩咐，同時發現，生活已經無法跟從前一樣了。我把她的書法裱框起來，日日端詳，如見母親，記起那窗前的春光，記起她的辛苦，她的奮鬥和堅持。

《心經》末了，橫軸留白，彷彿印證「諸法空相」。那是母親給我們的最後教誨。

原載二〇一四年九月十六日《聯合報》

林懷民與雲門舞者在德國伍爾斯堡藝術節謝幕 2004／雲門基金會提供

新人間353

激流與倒影

作者—林懷民
攝影—Barbara Morgan、Jack Mitchell、Jochen Viehoff、ullstein bild、William Johnston、王友輝、李銘訓、林冠吾、林柏樑、姚孟嘉、郭英聲、游輝弘、劉振祥、鄧惠恩、劉瑞如、龍思良、謝旺霖、謝安、謝嘯良
照片提供—CSID室內設計協會、Getty Images、尾竹永子、林懷民、俞啟木、梁小良、雲門基金會、達志、臺南市政府文化局、漢聲雜誌
封底照片贊助出版—ELLE TAIWAN; Realization: DOMINIQUE CHIANG; Photographer: ZHONG LIN; Hair & Makeup: VINCENT WANG; Styling: KATE CHEN; 場地提供：誠品敦南店
內文照片贊助出版—洪建全基金會
特約專案總編輯—曾文娟
主　　編—何秉修
編　　輯—陳彥廷
企　　劃—陳玉笈
封面暨內頁設計—林秦華
內頁排版—林秦華、立全電腦印前排版有限公司

總編輯—胡金倫
董事長—趙政岷
出版者—時報文化出版企業股份有限公司
一〇八〇一九台北市和平西路三段二四〇號七樓
發行專線—(〇二)二三〇六六八四二
讀者服務專線—〇八〇〇二三一七〇五
(〇二)二三〇四七一〇三
讀者服務傳真—(〇二)二三〇四六八五八
郵撥—一九三四四七二四時報文化出版公司
信箱—一〇八九九台北華江橋郵局第九九信箱

時報悅讀網—http://www.readingtimes.com.tw
時報文化臉書—https://www.facebook.com/readingtimes.fans
法律顧問—理律法律事務所　陳長文律師、李念祖律師
印　　刷—華展印刷有限公司
初版一刷—二〇二二年五月二十七日
初版七刷—二〇二三年一月十八日
定　　價—新台幣四八〇元
(缺頁或破損的書，請寄回更換)

激流與倒影 / 林懷民著. -- 初版. -- 臺北市 : 時報文化出版企業股份有限公司, 2022.05
面；　公分. -- (新人間)

ISBN 978-626-335-333-6(平裝). --
ISBN 978-626-335-334-3(精裝) --

863.55　　111005635

ISBN 978-626-335-333-6（平裝）
Printed in Taiwan